全民阅读精品文库

庞余亮

著

纸上的忧伤

中国言实出版社

图书在版编目（CIP）数据

纸上的忧伤 / 庞余亮著 . -- 北京：中国言实出版社，2018.6

（当代实力派作家美文精选集 / 凌翔，汪金友主编）

ISBN 978-7-5171-2814-4

Ⅰ.①纸… Ⅱ.①庞… Ⅲ.①散文集－中国－当代 Ⅳ.① I267

中国版本图书馆 CIP 数据核字（2018）第 127786 号

责任编辑：代青霞
出版统筹：李满意
插图提供：荷衣蕙
排版设计：叶淑杰
　　　　　严令升
封面设计：戴　敏

出版发行　**中国言实出版社**

　　地　　址：北京市朝阳区北苑路 180 号加利大厦 5 号楼 105 室
　　邮　　编：100101
　　编辑部：北京市海淀区北太平庄路甲 1 号
　　邮　　编：100088
　　电　　话：64924853（总编室）　64924716（发行部）
　　网　　址：www.zgyscbs.cn
　　E-mail：zgyscbs@263.net

经　　销　新华书店
印　　刷　三河市金元印装有限公司
版　　次　2018 年 6 月第 1 版　　2018 年 6 月第 1 次印刷
规　　格　710 毫米 ×1000 毫米　1/16　13 印张
字　　数　180 千字
定　　价　49.80 元　　ISBN 978-7-5171-2814-4

散文的气质

红孩

每一个人都不是孤立存在的，他需要社会的滋养。社会就是人群之间的往来，既然人与人之间有往来，就必然会有人与人之间的评价。评价一个人，标准很多，可以用小家碧玉，也可以用大家闺秀，最简单的方法就是用好人和坏人区分。这在二十世纪六七十年代的电影中处处可以看到。而事实上，这世界的芸芸众生，哪里有那么多的好人和坏人，好人和坏人是相对的，就大多数人而言，基本属于不好不坏的人。

生活中，我们对一个人的外表评价，通常爱用"气质"这个词。譬如，形容某个女人漂亮，常用气质高雅；形容某个男人有修养，喜欢用气质儒雅。由此可见，气质这个词是人们所需要的，也是男女可以通用的。查现代汉语词典，对气质的解释有两种：一是指人的相当稳定的个性特点，如活泼、直率、沉静、浮躁等，是高级神经活动在人的行动上的表现；二是人的风格和气度，如革命者的气质。很显然，我们一般选择的是后者，前者过于确定，不过后者也让人感觉到是属于不好定义的那种。

同样，我们看一篇文学作品，往往也会从作家的文字中读出其人与文的气质。这就是所谓的文如其人。以我的见识，人和文在很多的时候并不一致。一个文弱的书生，他的气节和人格可能是刚硬的。鲁迅个头不足一米六，可谁能说鲁迅不高大呢？不管怎样，我们看一个人的作品总会很自然地和这个人的人品联系在一起。所以，我们在研究一个人的作品时，往往会从作家的社会性和作品的艺术性两个方面来考证。近些年，社会价值取向多元化，人们对过去的人和事也变得宽容起来，像过去被封杀被长期边缘的作家作品逐渐走向人们的视野，这些作品甚至如日中天地成了一段时间的文学主流。文学的艺术性与社会性，是不可割裂的，过于强调哪一方面都会失之偏颇。

　　散文也是如此。我们说一篇散文的优劣得失，其评价体系也很难绕开艺术性和社会性。当然，如果是风景描写的那种游记作品，就另当别论了。即使是风景描写，也不完全超脱于当时的社会背景，如《白杨礼赞》《茶花赋》《荷塘月色》《樱花赞》等。假设我提出鲁迅、冰心、朱自清、杨朔等作家的作品具有散文的优秀气质，不知会不会有人站出来反对？我想肯定会有的。据我所知，有相当多的一些作者，始终坚持散文的艺术性，而不愿提作品的社会性，似乎一提到社会性就是和政治挂钩。

远离政治，已经成为某些作家的信条。前几年，周作人、林语堂等二十世纪二三十年代的作家突然走红，就是被这类人追捧的结果。以我个人而言，我对散文创作的路数是提倡百花齐放的，风花雪月与金戈铁马都可以成为作家笔下的文字。我们不能说写花鸟鱼虫、衣食住行就题材窄、格局小，就缺少散文的气质。有的作家倒是常把江河万里挂在嘴边，可其文章味同嚼蜡，一点散文的味道都没有，更谈不上散文的气质。

我理解的散文的气质，首先是文字的朴素、洁净，如果一篇散文连这一点都做不到，就很难有别的作为了。这就如同我们看到一个衣衫不整的人，他怎么可能有好的气质呢？然后，作品的内容要更多地承载读者所要获取的知识、信息、情感、思想的含量。第三，在写作技巧上，要发掘出生活的亮色，特别是能在所见的人与物中悟出人生的道理和对世界的看法，且能熟练地运用修辞手法和文章的结构方法。第四，文章的意境要高拔出常人的想象与思维，具有超越时代的精神高度。第五，要做到内容和形式的统一，其内外气场要打通，要浑然一体，有霸王神弓那种气派。有了这些，还不够，一篇好的散文必须与社会相结合，要得到广大读者的认同与共鸣。这个社会的认同，光是一时的认同还不行，它还必须是超越时代的，像我们读《岳阳楼记》那样，要能产生"先天下之忧而忧，后天下之乐而乐"那样的人生思想境界，这才算真正地具有了散文的气质。

　　散文的气质是不可确定的，不同的作家创作了不同的作品，其气质也是不尽相同的。气质是最让人捉摸不定的东西，它像风又像雨，很难用数字去量化。大凡这种捉摸不定的东西，恰恰是审美不可回避的问题。艺术的美是感悟出来的，即我们常说的艺术就是感觉。在这里，我们也可以把散文的气质说成散文的气象，气象可以是眼前的，也可以是未来的。我喜欢"气象万千"这个成语，它如果作用于散文，那就是散文是可以多样的。一篇优秀的散文一定有着不同寻常的气质，拥有了这个气质，你就能鹤立鸡群，就能羊群里出骆驼。

（作者系中国散文学会常务副会长）

目　录

第四辑　纸上的忧伤

第一辑　节气、名词和书单

春雨惊春清谷天，夏满芒夏暑相连。

秋处露秋寒霜降，冬雪雪冬小大寒。

每月两节不变更，最多相差一两天。

上半年逢六廿一，下半年逢八廿三。

这二十四个节气加在一起是一个春秋吗？

那二十四种忧伤加在一起是一种忧伤吗？

是少年把一本本书打开，还是一本本书本将这个少年打开？

谁能告诉他答案呢？

立春，是二十四节气中的第一个节气，为每年公历二月三日至五日，太阳到达黄经三百一十五度时。立春日，最适宜读《大地上的事情》（苇岸）。一年从《大地上的事情》开始，是最好的开始。

立春：盐巴草名之考证

比起漫长的夏天，漫长的冬天才是人间的真相。比如那些破冰而行的捕鱼人，竹篙从水里拔上来，瞬间就结满了滑溜溜的冰。

比人更艰辛的是那些畜生们。鸡好办，它们会去寻找灰堆扒食。狗也好办，因为它鼻子好使。

猪是最难受的了，它饭量大，偏偏饲料总是满足不了它。人都吃两顿了，泔水还能有多少？好久不去碾米了，米糠眼见着往下少。稻草轧出的草糠是非常难下咽的。母亲就和上几勺子沤好的芋头莛（父亲深秋时分连夜用铡刀铡出的芋头莛泡出来的特殊饲料）。芋头莛的味道肯定也是不好的，但猪还是吃下去了。

沤泡在瓦缸里的芋头莛也少了许多。村庄里除了公鸡的打鸣声，就是猪们在拼命喊饿的声音。本来可以年前卖掉，可太瘦了，卖掉很不划算。要是在夏天，我可以去拾猪草，一筐又一筐，往猪圈里背。一半被猪吃掉了，一半被猪踩成了肥料。

冬天里，田野里没有绿茵茵的猪草。

父亲却要求我们去捡拾那些枯在灌溉渠边的盐巴草。灌溉渠有浅浅的水，盐巴草长得好。

那是大年初二的早晨，别人家过年走亲戚，我们一家却在破冰，摇船去田里扯盐巴草。父亲说，猪瘦了，但盐巴草里有葡萄糖！不信，你们可以嚼盐巴草，最后嘴巴里是甜的！

的确有点甜……可又是谁，告诉了文盲的父亲盐巴草里有葡萄糖？也许是父亲猜的。因为我们村庄的人，都迷信葡萄糖。

大年初二，村庄是满的，田野是空旷的。田野里没有人，那寒风吹得更为猖狂。扯盐巴草的手指都冻僵了，根本用不上力——熬到冬天的盐巴草的力气比我们还要大！

村庄那边时不时传来鞭炮的声音，那是人家办喜事。也有锣鼓的声音传来，那是舞龙队过来了。而我都无法去凑热闹了。父亲说，有什么好看的，猪养肥了，卖个好价钱，比什么都强。还有，都打春了，还能玩吗？

父亲说的打春就是立春。我这才知道，那个大年初二是立春，难怪原来很坚硬的土变得比过去酥软了许多。刚才来的路上，破冰也比前几天容易多了。冬天的坚硬，正在慢慢地改变。

很多很多的立春忘掉了。但我一直记得那年立春。本来我给自己的正月初二的任务是读春联。喜欢读春联的我刚刚把全村人家的春联读了一遍。那些黑字红底的春联看久了，眼睛一团团花。但我还是坚持看一遍，我想遇见令我动心的好春联。这些好春联我会抄下来，留到来年的春节，在自家的门上也写上一副。

但这个计划还是被满船的枯盐巴草打败了。我们从荒野中扯了很多盐巴草，可每到了夏天，还会有许多盐巴草会蔓延出来。盐巴草，多像穷日子里的那些顽强。

后来有很多年，我一直想把盐巴草的学名找出来。终于有一天，我在乱山似的书房里找到了盐巴草的学名。盐巴草只是它在我们那里的小名，在其他地方它并不叫这名字。它的标准学名叫狗牙根。也有的地方叫它为爬根草。云南人则把它叫作铁线草。

铁线草，我喜欢这个名字，像铁线一样，扯不断，也得用力扯的铁线草哦。

雨水，是二十四节气之中的第二个节气，在每年公历二月十八日至二十日，太阳位于黄经三百三十度。雨水节气，最适宜读《寂静的春天》（卡森），在滴答的雨声中，思考人类的未来。

雨水：火堆的考试

"黑化黑灰化肥灰会挥发发灰黑讳为黑灰花会回飞。灰化灰黑化肥会挥发发黑灰为讳飞花回化为灰。"

岳云鹏说这个"黑化肥会挥发"绕口令时，假装说得很艰难（这是相声演员的基本功）。台下的年轻观众哈哈大笑，我一点也笑不出来，倒不是因为观众们被小岳岳的小伎俩骗了，而是我在担忧台下的年轻观众，他们知道什么是化肥吗？化肥仅是分"灰化肥""黑化肥"吗？

但仅仅是一瞬间的担忧，我就立即进行了自我批评：为年轻人担心，为这个世界担心，这是开始衰老的标志，得当心。世界在进步，年轻人懂得很多我们不知道的东西。

但是我还是要说说化肥，说说雨水时节的化肥。

越冬的麦子们，在最寒冷的三九寒冬的时候，还是有上天的眷顾——一场雪，又一场雪覆盖在大麦小麦的身上。可到了雨水，麦子们就睡醒了，开始了野蛮生长的征途。

过了元宵节的田野里，都是起了身的麦子。

但这个冬天还是耗光了大麦小麦们的体力，它们把从去年秋天贮藏好的能量几乎全耗光了。如果仔细看一看，过了冬天的麦田和秋天的麦田还是有区别的。比如去年做好的墒沟塌陷了不少，会影响排水，需要整理麦墒。比如麦子们瘦了，高矮不等，那就必须要施肥，这样的施肥叫作"追青肥"。

整理麦墒的工作是专门属于父亲的。父亲说挖麦墒有大学问的，比如"一丈不通，万丈无用"。管理麦墒则是"尺麦怕寸水"。父亲还有一把专门整理墒沟的墒锹。墒锹细长，父亲用它将一个冬天塌陷下的泥挖起来，扬洒到麦子上。

给麦子们追青肥的则是母亲和我。没有"黑化肥"，也没有"灰化肥"，用的基本上都是"白化肥"。那是"碳铵"，学名叫"碳酸氢铵"，俗名"骚气肥"。这种白化肥有着浓烈的刺鼻气味，散发着能熏出眼泪鼻涕的"骚气"，完全不同于后来升级版的"尿素"。

因为"碳铵"的强烈挥发性，追青肥的方式就不是像播种那样洒了。而需要两个人配合：一人用"化肥棍"在麦子们中间点出一个洞，一人跟在后面将化肥丢到洞里并把洞口盖上。

点洞的力气我还没有，那我只能选择丢化肥。我已跟母亲配合过种蚕豆、种黄豆、种绿豆，她在前面负责用铁锹挖出一道泥塘，我负责往里面丢豆子。但追青肥不一样，麦田的面积实在太大了，还有，"白化肥"不仅刺鼻，还腐蚀手……但我不能说手，母亲的手更像是老树皮。于是，我就说起我的腰，我说我腰疼。

瞎说，母亲微笑着，小孩子哪里有腰？

小孩子没有腰吗？我的腰真的酸啊。在两条麦埫之间，是一块麦田。父亲在埫沟里，母亲在我的前面，我则满脸泪水，追赶着母亲的速度。

母亲说得一点也不错，到了晚上，小伙伴们一起约着跳火堆。跳火堆又叫跨"屯事"。"屯"是《易经》里所说的困难之事。跨"屯事"是指把一年最倒霉的事全部抛弃掉。

火堆是用稻草点燃的。我在我的长篇小说《丑孩》中，就在结尾处用了跳火堆这个情节，虽然点了一天的化肥，但我在飞越火堆时，我总是跳得又高又飘。

那天是正月十六，新月亮很圆。冬天的黏土变成了酥土，踩上去，那土变得软绵绵的。跳完火堆，我看着长了几码的新脚印，新布鞋底的针脚印烙在酥土上，每一个针脚里都盛满了新的火光、新的月光。

惊蛰，古称"启蛰"，是二十四节气中的第三个节气，是干支历卯月的起始；时间点在每年公历三月五日至六日之间，太阳到达黄经三百四十五度时。惊蛰节气宜读《昆虫记》（法布尔），听法布尔叔叔说昆虫同学的故事。

惊蛰：虫子同学

惊蛰至，雷声起。

这雷声约等于小学校的上课钟声，可能怕懒虫们睡懒觉睡得太久，忘记上学了，我们的雷公"校长"就果断敲响了闲置已久的漆红大鼓。

鼓声隆隆，称为之"惊"。懒虫们听到了，惊醒了，所以叫惊蛰，又名：春雷一声动，遍地起爬虫。

但是，惊蛰时节，最先醒过来的虫子是哪个？

有人说"蛰"字下面的"虫"是"长虫"，即蛇同学。也有不同意见，为什么不是蜈蚣同学呢？蚯蚓同学？青蛙同学？或者，蚂蚁同学？要知道，这些睡懒觉的同学都在等待雷公校长的鼓声哦。

比如蛇同学，越冬常常因陋就简，随便将就。我曾在老屋的墙缝里摸到一排蛇蛋。如子弹样的椭圆形的白壳蛇蛋，并排粘在一起。我记得是四枚，我在众伙伴的怂恿下打开了蛇蛋，有蛋清也有蛋黄，蛋黄里已有小蚯蚓一样的幼蛇。这是冬眠前的蛇生下来的。

除了人为的破坏，大自然的考验也很残酷。我看过一份资料，到了惊蛰时节，听到雷公校长鼓声，也就是能继续上学的，最多七成。如果冬天太寒冷，那只有五成活到了第二年春天。

相比蛇同学的粗心，蜈蚣同学准备更充分。蜈蚣们会钻洞，钻得很深很深，钻到寒冷无法侵入的深度，有时候，能钻到一米深的地方。不吃，不喝，不动，如此沉睡的时候，蜈蚣最怕的是公鸡。公鸡是蜈蚣的天敌，它们的利爪总是在旷野里扒拉。如果蜈蚣冬眠的地点太浅，正好是公鸡的食物。蜈蚣为五毒之一，为什么公鸡不惧怕蜈蚣？父亲说，蜈蚣和公鸡是死仇。

为什么？

父亲说不出原因，就像他说不清他如此地辛苦劳作，却依旧喂不饱他饥饿的子女们。

蚯蚓同学与蜈蚣同学类似，它们的冬眠常常会遭遇钓鱼人的暴力拆迁。很多钓鱼人，在那么寒冷的冬天，将浮到水面上晒太阳的鱼钓上来，总觉得有乘人之危的味道。

我和朋友讨论过这事，还没说到蚯蚓们的委屈，朋友就说这世上从来都是田鸡（青蛙）要命蛇要饱。

朋友这话用学术语言翻译就是"丛林法则"，可凭什么，不让冬眠的蚯蚓们等到雷公校长的鼓声？！

作为歌唱家和捕虫专家的两栖界的青蛙和癞蛤蟆，它们冬眠时会异常安静。在我家石头台阶下，我发现过扁成一张纸的癞蛤蟆，真成了张薄薄的癞蛤蟆纸！它们把喉咙里的歌声也压扁了吗？它们的骨头呢？它们的内脏呢？后来学到"蛰伏"这个词，我一下想到了这张扁成纸的癞蛤蟆：最低的生活标准，最艰难的坚持，还有沉默中的苦熬！

有精品房的蚂蚁们越冬准备超过了人类。在入冬之前，它们先运草种，再搬运蚜虫灰蝶幼虫等这些客人，请这些客人到蚁巢内过冬。但它们的友情不是无私的，而是实用的，蚂蚁们将这些客人的排泄物作为越冬的食物。等到贮藏的食物吃得差不多了，雷公校长的鼓声就该响了。

但如此精心如此努力的蚂蚁们，如果遇到我们手中的樟脑丸，如果碰上了我们淘气的一泡尿，它们会立即被淘汰，没有惊呼，也没有叹息，连一声悼念都没有。

生存不易，梦想更不易，都得好好惜生。春雷响了，正好九九。九九那个艳阳天啊，那久违的温暖总会使所有越过冬天的众生感慨不已。

过了惊蛰节，春耕不能歇。上课的铃声要响了，众生们背负着自己的命运奔跑着去学校。春耕季节来了，父亲说，没有闲时了。

是啊，九尽杨花开，农活一齐来。没有闲时忧伤了，也没有闲时快乐了，季节不等人，一刻值千金。恍惚之间，这世间最忙碌的虫子，是在这块土地上过日子的人。

春分，是春季九十天的中分点。二十四节气之一，每年公历大约为三月二十日至二十一日期间，太阳位于黄经零度（春分点）时。春分节气最宜读《草叶集》（惠特曼），是春天给我们带来了那汹涌的旺盛的生命力。

春分：燕子的小剪刀

我怀念童年的我，那双没有近视的眼睛（我是高中毕业那年开始近视的），我能看到很多乡村的秘密。比如腊月里的星星和正月里的星星完全是不一样的。腊月里的星星亮是亮的，但它们从不对人间眨眼睛。正月里的星星则很调皮，无论我走在哪条路上，躲到那片杂树林中，我都能看到他们对我调皮地眨眼睛。

过了慢悠悠的正月，就是快步奔跑的农历二月了。拿冬天爱睡懒觉的太阳来说，到了春天，太阳这家伙像是和我们比赛似的。每次起床开窗，都不好意思伸懒腰了。才七点钟啊，太阳就升得老高老高的了。

一大把，又一大把的暖阳泼在我们的身上。

春风来了。

春天，就是风一阵一阵地刮过来的，所谓"春分刮大风，刮到四月中"。在浩浩荡荡的春风中，我们在减衣服，而我们的视线所及之处，柳树们多了绿辫子，而苹果树桃树们还长出了花衣裳。

　　在这些绿辫子花衣服之间，最灿烂的就说金黄金黄的油菜花了——春分季，向阳坡上的油菜花们率先开始了金黄的合唱。

　　那些还没合唱的油菜们，则一个个像长颈鹿。那些长颈鹿，就是美味的菜薹。打猪草的我，总是饥饿的我，常常掐一段菜薹，撕去外皮，汁液饱满的油菜薹，比萝卜好吃。相比纯绿色的菜薹，比较有味的是暗红皮的菜薹。往往这样的菜薹，有股野性的甜。有时候我嚼着菜薹，有几只野蜂会出现在我的身边，嗡嗡嗡地抗议，抗议我们吃掉了它们未来的蜜源。

　　但谁怕谁呢？

　　我怕的是父亲的巴掌：浪费这些菜薹，会响雷打头的！

　　所以我还是喜欢风，浩浩荡荡的春风，还给我们带来了去年的老朋友：燕子。

　　呢喃的燕子们并不怕这春风，回到故乡的它们斜着身子在春风里飞，把自己变成了一把把紫剪刀。这些紫剪刀在田野和我们的堂屋里来回地穿梭，它们比我们在田野里忙碌不停的父母亲还要忙。

　　母亲说，燕子们只在好人家垒窝。

　　说到好人，我总是不好意思看在我家飞进飞出的燕子。我感觉自己够不上母亲所说的好人，我不仅偷吃过菜薹，还拔过公鸡的翎羽，捣毁过野蜜蜂藏在屋檐下芦管里的蜂蜜。

　　春风依旧在吹，我们家新燕子窝垒好了。

　　小燕子们就要孵出来了，春风还在吹，浩浩荡荡的风声中，我还听到了野兔们的笑声。为什么一定是野兔？我没跟母亲说，我怕母亲说，你什么时候听见兔子在笑。

我真的听见了。

因为有一个晚上，浩浩荡荡的春风把我们家的一个草垛给刮没了。

一根草也没有了。

它们都飞到哪里去了呢？

仅仅剩下草垛的底部，去年的稻草们遗留下的稻粒们已发了芽，像是长出了一簇绿头发。绿头发丛中，遍布了句号一样的黑色野兔粪便。

我真的没听错，春分那天，浩浩荡荡的风，带走了我们家草垛，还带走了那些跳跃在麦田深处的野兔们的笑声。

清明节又叫踏青节，在仲春与暮春之交，每年公历四月四日或五日或六日，也就是冬至后的第一百零四天，是中国传统节日之一，也是最重要的祭祀节日之一，是祭祖和扫墓的日子。清明节气，必须读亲情的催泪的《洛夫诗选》（洛夫）。

清明：油菜花汹涌

清清明明，阳气上升。

阳气上升了，又有很多很多的疼痛涌上来了。默念之中，油菜花在肆意地开放。不远处的新公路上，全是来来往往的车，那是去油菜花景区看风景的人们。有几次我陪客人去看过，爬上那高高的瞭望塔，我没敢向南看，五公里外，就是父母长眠的地方。

一九九四年秋天，父亲去世的时候，是葬在祖父母身边的。我没见过祖父母，只是听村上说过祖父的名言：天下只有用半升子借米的，没有用半升子借字的。

"半升子"是一种量具，一般用竹筒制作，装满了米，正好一市斤。我不知道读过《大学》《孟子》《中庸》的祖父为什么这样讨厌读书。也正因为这样，父亲这一辈就没有读书。吃了不读书之苦的父亲就坚决要求我们弟兄三个读书，他的命令是，只要不留级，就是砸锅卖铁也供你们上学，但如果留级，就回家种田。

祖父的字我是见过的，那是在我家的"斗"上，有一个行书的名字。那时刚刚学会了"地主的斗，吃人的口"，于是我就到处宣传，我们家有个"地主的斗"。其实那"斗"上的名字就是祖父的名字。

后来村里建公墓，要求所有的散坟迁到公墓地。我们几个去为祖父母和父亲迁坟。祖父母的坟里竟然有一个船的牌照，还是上海的牌照。大哥说起这只船的历史：这是我们家的船，祖父去世的时候，没钱买木材，只好将船拆了。

因为迁坟，就立了碑。父亲的名字是黑的，那时母亲还在世，她的名字必须是红的。回到家，母亲向我问起迁坟的一些细节，问起了碑上的名字。我含糊地回答了一下，又问起了船。母亲说起这船，说起了等候渡江的八圩渡口，说起了"像粥锅一样的长江水"，说起了黄浦江上的轰炸机。

再后来，母亲去世了，我去八圩采访。那是个初夏的黄昏，我坐在八圩渡口，想象父母是怎样用小木桨一桨一桨地从里下河划到八圩，又是怎么渡过了汹涌的长江，但怎么也想不出来，如一苇渡江，但肯定没一苇的轻盈超脱。而那个沉重的贫穷的家，又是如何在上海和兴化之间走过去的呢？记得姑母劝过母亲念佛，母亲不肯，说，为什么菩萨给了她这样的苦命。

母亲出生后十五个月，外公去世，外婆改嫁。母亲在二外公三外公家长大，再后来，外婆又将母亲许给了她后来改嫁的庞家侄儿，也就是我父亲。母亲和父亲生了十个孩子，我是第十个孩子。谁都不能想象，每个孩子的出生，都是母亲自己给自己接生。母亲跟我讲过接生的细节，但我从不忍写出。

母亲生下我的时候，她已四十四岁。母亲大出血，被送到县城抢救。大姐抱着病猫似的我，到处找食。我没吃过母亲一口乳汁，但我心中最想念的还是母亲。大学时代，我遇到了洛夫先生发表在《芙蓉》杂志上的六百多行的长诗《血的再版》，我一个字一个字地抄下来了，抄完之后，我学会了写诗。这里面的因果，还是因为苦命的母亲。十个孩子，后来活下来六个。母亲跟我讲过很多次，那另外的、夭折的四个孩子。

    苦藤一般无尽无止的纠缠

    都从一根脐带开始

    就那么

    生生世世

    环绕成一只千丝不绝的

    蚕

    我是其中的蛹

    当破茧而出

    带着满身血丝的我

    便四处寻找你

    让我告诉你

    化为一只蛾有多苦

    在灯火中焚身有多痛

这是洛夫先生的《血的再版》，每到清明，我总会把这首长诗再读一遍，疼痛，又疼痛。读完这首诗，再看地里的油菜、蚕豆和小麦们，它们似乎更茂盛了。

于是，在这个茂盛的春天里，清明降临，我们又会记起，我们都是那血的再版。

谷雨，是二十四节气的第六个节气，也是春季最后一个节气，每年公历四月十九日至二十一日太阳到达黄经三十度时为谷雨，源自古人"雨生百谷"之说。此时此刻，最适宜诵读《诗经》。很多《诗经》里的植物，在谷雨时节，葱茏得不可思议。

谷雨：薇或野豌豆

谷雨时节的大地是最适合躲藏和掩护的。

长高的麦子们，结了籽荚的油菜们，都是天生的掩体。只要愿意，怎么躲藏，都是不会被发现的。

不会被发现，就会被寻找的玩伴遗忘。

其实，更多的，并不是遗忘，而是被家长叫走了，打棉花钵，需要下手。

有一次，我就被玩伴彻底遗忘了。本来听到玩伴焦虑的呼唤声，我还紧张，兴奋。再后来，玩伴的呼唤声越来越远了。

先是寂静捆住了我，再后来是不安，我背后的汗渐渐收干了，四周全是长大了的陌生的庄稼们：它们什么时候变成巨人了？

好在我看到了正在长大的蚕豆，还有攀缘得好高的豌豆。

那个被玩伴遗忘的下午和黄昏，我吃下了平生最多的蚕豆和豌豆。我得出一个结论：嫩豌豆甜，而蚕豆再嫩，也有一股青草的味道，留在我们的舌根处，挥之不去。

有个这样的遗忘，我开始迷恋如此的遗忘，幸亏蚕豆和豌豆们长得很快，几天的工夫，它们就咬不动了。

于是我开始寻找更多的食源，我尝过类似豌豆的"荞荞儿"，又叫野豌豆。野豌豆实在不好吃。我还吃过油菜荚里的籽，那小小的籽还是青绿的，又小，就放弃了。

——饥饿年代的胃啊，有着令人惊诧的消化能力。

好多好多年过去了，我再次吃了那么多的生蚕豆和嫩豌豆是在柳堡。就是那个电影《柳堡的故事》发生地和拍摄地的宝应柳堡，此地离我教学的地方仅十八里水路。我先是乘船到了柳堡镇，四处打听，才知道这里是镇上，原来叫郑官渡，因为电影的缘故，改成了柳堡镇。真正的柳堡还在乡下，于是我又徒步去柳堡村。

谷雨时节的天真是好，是九九艳阳天。我看到了破旧的风车，但没见到我的"小英莲"，反而饥饿一阵阵袭来。但我没恐慌，《柳堡的故事》那么出名，又因为这里是旅游景点。既然是旅游景点，就应该有吃的。

> 九九那个艳阳天来哟
>
> 十八岁的哥哥呀坐在河边
>
> 东风呀吹得那个风车儿转哪
>
> 蚕豆花儿香啊麦苗儿鲜
>
> 风车呀风车那个咿呀呀地个唱呀
>
> 小哥哥为什么呀不开言

谁能想得到呢？柳堡村到了，是一个非常普通的村庄。它原名叫留宝头，也叫刘坝头，后来被作家胡石言写成了柳堡。

柳堡庄空荡荡的，除了有野蜜蜂的声音、猪叫的声音，几乎见不到人。拍电影时的大柳树和木头桥还在。河里的水位很低，风车一动不动。没有蚕豆花儿香，也没有麦苗儿鲜。也有可能因为没找到饭店，我在"小英莲"和"小哥哥"告别的大柳树上剥下了一块老树皮。

但老树皮不能吃，在回柳堡镇的路上，饥饿令我成了昔日的顽童，我吃了很多生蚕豆和嫩豌豆。到了镇上，我的胃很难受，昔日顽童那强大的胃消失了！

很多年过去了，谷雨于我，仅是一个很容易被遗忘的时节。但我已知道那蚕豆，就是鲁迅先生《社戏》中所写过的罗汉豆，又是咸亨酒店里的孔乙己爱吃的茴香豆的原材料。至于豌豆，我最爱安徒生写过的《豌豆公主》。

蚕豆和豌豆其实都是外来的物种。"荞荞儿"或者野豌豆，倒是我们祖先常吃的，叫作"薇"。古人们常常"采薇"救荒。"采薇"最好的时节就是谷雨。但我们也忘记了，就像我们把那个在田野里捉迷藏的孩子给忘记了。

立夏，是二十四节气中的第七个节气，也是夏季的第一个节气，表示孟夏时节的正式开始；太阳到达黄经四十五度时为立夏节气，公历为五月五日前后。立夏节气，最宜读怀特的《夏洛的网》，很多小蜘蛛诞生了，它们需要我们去认识，并为它们取一个可爱的名字。

立夏：石磙上的男孩

　　"立夏十天遍地黄。"

　　如果我有一支画笔，我最想画立夏节气的大地。饱满的绿，饱满的黄，饱满的额头，饱满的笑容。

　　油菜几乎是一个上午黄掉的。

　　麦子们的麦芒在太阳下闪闪发光，像是刚刚理了新头发。

　　新蚕豆，新大蒜，全是新的。

　　父亲给我的感觉也是新的。他一改过去的严肃，突然将我抱起，然后扛到肩膀上。路在我的视线下快速地向后退去，我不知道父亲要将我抱到哪里，也不知道我究竟犯了什么错。我听到我的小小的心，在瘦弱的胸膛里，来回地晃荡。

转过一条巷子，是屠夫的家。很多人围在那里，似乎在杀猪，但听不到猪的叫声。

父亲挤过人群，忽然将我扔下。在向下坠落的过程中，我无奈地闭上了眼睛。在众人的哄笑声中，我睁开了眼睛。原来我被父亲扔到了盛稻麦的笆斗里。

哄笑的大人们说我连苗猪都不是，最多算作小青蛙。

父亲叫抬着笆斗的人报出我的毛重。

我的体重实在太丢人了。父亲说，说你是狗，你不是狗。说你像猫，你比猫的嘴还叼。从今天起，不允许坐门口，必须每天三碗饭。

我坐门槛的次数其实不多的。还有，我实在吃不下每天三碗饭，但我肯定超过田鸡的重量。大人们的哄笑声令我记下了对青蛙的仇恨。

但青蛙们总是在育秧苗的水田里高声合唱，仿佛是在嘲笑我的瘦小。我想去捉住它们，但又不能去育秧苗的水田里。有时候，扔一颗土坷垃过去，青蛙停止了合唱。也仅仅是下课十分钟的时间，那些青蛙又开始合唱，嘲笑我的声音几乎令全村人都知道了。

我把所有的仇恨都放在了蝼蛄的身上。蝼蛄和青蛙有相似之处，丑陋，叫声难听。更重要的是，蝼蛄是害虫，无论怎么被消灭，都不会引起父亲的反感。

蝼蛄被我几乎消灭完了，立夏节气到来了。

好玩的斗蛋开始了。

尖者为头，圆者为尾。蛋头斗蛋头，蛋尾击蛋尾。虽然我的个子最小，我的蛋常常是斗蛋的常胜将军。

但我没有斗成蛋。我再次被父亲捉过去，带到空旷的打谷场上。打谷场上，除了去年的草垛，就是硕大的石碌了。这石碌，又叫石碌将军。

父亲说，你给我脱光了。

我脱光了衣服，真的像一只又瘦又小的青蛙。

父亲说，你给我坐到石磙将军身上，你将来的力气比石磙将军还要大。

于是，光着身子的我坐到了石磙上，石磙给我的感觉相当怪异，我坐立不安。但有一只蜘蛛拯救了我，它快速从我的身体上攀缘过去，还用蛛丝努力将我绑住。

我当然没被这只有野心的蜘蛛绑住，但我的力气依旧很小，更不可能达到石磙将军的力气。但立夏节气，那个坐在石磙上的我，似乎是一个梦。我常想确认这是不是真的。父亲在世的时候，我问过几次，他说没这回事。父亲去世之后，这件事更像是蜘蛛做过的一个梦。

小满，是二十四节气之一，也是夏季的第二个节气。小满，其含义是夏熟作物的籽粒开始灌浆饱满，但还未成熟，只是小满，还未大满。每年公历五月二十日到二十二日之间，视太阳到达黄经六十度时为小满。小满节气，最宜读《安徒生童话》（安徒生），但千万不要将这本书当成童话读，这本书其实是小说集。

小满：鹅的沉默

　　"小鸡跟真正的春天一起来，气候也暖和了，花也开了。而小鸭子接着就带来了夏天。画'春江水暖鸭先知'的，往往画出黄毛小鸭。这是很自然的，然而季节上不大对。桃花开的时候小鸭还没有出来。小鸡小鸭都被放在浅扁的竹笼里卖。一路走，一路啾啾地叫，好玩极了。"

　　这是汪曾祺的《鸡鸭名家》的文字。

　　其实，在浅扁的竹笼里卖的还有小鹅。有了鹅，才构成鸡鸭鹅这"三军"。因为这"三军"，我和我的小伙伴从小都做过大干部："三军总司令"。我们的邻村因为养鹅而出名，叫"蒋鹅"，那村庄在两条河的交叉处，是养鹅的好地方。这几年村子富了许多，有人就说，有个姓蒋的，在这里养过天鹅。也对，养过鹅的，说成养天鹅的，还不算离谱。

竹笼里的小鹅比小鸡小鸭的个子要大。茸茸的，鹅黄的——真是就叫作鹅黄。小鹅们的鹅黄在春天里弥漫开来，才有了晃人眼睛的万垛油菜花。

那时的我，还不知道有一首唐诗叫"鹅鹅鹅，曲项向天歌"。只知道小鹅回来，就是座上客，要去找莴苣叶，把莴苣叶剁碎了，拌上细糠碎米，小心翼翼地，请它们用餐。但"座上宾"的日子也就是半个月左右，半个月后，它们就被赶到"广阔天地"里独立觅食去了。那动人的鹅黄慢慢被白羽替代。至于是哪一天、哪个时刻完成的，谁也说不清。就像你说不清你什么时候学会了痛苦时坚决不哭诉。

我在那座四面环水的村庄生活到十三岁，然后出门求学。此时我已读完了小学五年级和初一初二，也就是一个标准的初中毕业生。偏偏那年有了初三，我必须离开这个村庄去乡政府所在地去上学。

离开村庄的那天，村庄安安静静的，根本没有人起来送送我，除了河里的那群白花花的呆头鹅。我拣起一个土坷垃扔过去，没扔中——它们伸长了脖子嘎嘎地叫了几声，表达了它们一以贯之的骄傲。

我不喜欢它们骄傲的长脖子。那"曲项"，那是鹅脖子，即使父亲浇了三次沸水，那上面的毫毛那么密，也那么细，实在太难钳了。还有，"白毛浮绿水，红掌拨清波"。它的"白毛"要小心收好，等到收鸭毛鹅毛的来了，可得好几毛钱。但因为我看到过一张宣传画，马克思手里拿了一支鹅毛笔。我悄悄藏起了一根最长的鹅毛，但后来由于鹅毛根部的油脂太多，字根本就写不出来，拥有和伟人的鹅毛笔一模一样的梦想就这样不了了之。

不要说我残酷和无知。我那个四面环水的村庄上，老师大多是"别字老师"，他们常常带领我们识"半边字"，还带着我们理直气壮地写错别字，根本不可能教那首神童写的唐诗《咏鹅》，只是多年后，我的办公室多了一盆火鹤花。火鹤花，另一个名字叫红掌。它还有一个变异的品种，叫白掌。突然想到，杀鹅的时候，那一对"红掌"在沸水浇过之后，撕去外面的红皮，那"红掌"真变成了"白掌"。

快到小满的时候，父亲都要从鹅栏里逮住一只老鹅，那是给快要大忙的劳力们积累能量。可家里人太多了，处理干净的鹅最后是和一口袋芋头放在一起烧的，可用一只大脸盆盛到桌上来。

余下的鹅，张开它们的白翅膀，一只跟着一只，飞快地掠过那清凉的水面。

往往是那天，我不会听到它们骄傲的歌声。

芒种，是二十四节气中的第九个节气。每年在公历六月六日或七日前后，太阳到达黄经七十五度时开始。芒种是反映物候的节令。"芒"就是指一些有芒作物，如大麦、小麦开始成熟，将要收割；"种"就是种子的意思，或表明晚谷、黍、稷等作物播种最忙的季节。芒种节气最宜读大地般壮阔的《杜甫全集》（杜甫）。

芒种：油灯穿越

小暑，大暑。小寒，大寒。小雪，大雪。

——那小满之后，为什么不是大满？这是二十四节气中最大的谜团。

有人用哲学意义上讲"小满"的意义，这完全是牵强附会。二十四节气，是农民和农村的事，是农候，也就是农业耕种和收获的时序，与哲学无关，更与人生意义无关。

那为什么是"芒种"？

我看了许多资料，有很多考据，都有道理。

种种指向："芒种"极有可能是伪装的"大满"。

不过，比起"大满"，我还是更喜欢"芒种"，这"芒"是海子歌颂过的麦芒吗？

诗人，你无力偿还
麦地和光芒的情义
一种愿望
一种善良
你无力偿还。

面对无边无际的麦地，在月光下磨得锃亮的镰刀是无法偿还的，割了一大片，抬头看看，依旧是无边无际的麦浪向你涌来。腰疼是无法偿还的，即使彻夜未眠，听到布谷鸟在喊"麦黄草枯"，最疼的腰也必须弯下去，俯身向前。一万吨的汗水也是无法偿还的，那衣服上白花花的盐迹就是"芒种"必须要拓展开的版图。

无法偿还的还有在田埂上孤零摇曳的铃铛麦。这顽强的铃铛麦，他们叫它为杂草，但它却是这个寂寞田野上的铃铛——上学的铃铛、下课的铃铛。它的麦芒在阳光下逆时针旋转，扭曲，如果给它一滴汗水，这扭曲的麦芒就会顺时针旋转，开始旋转得飞快，后来越来越慢，直至，一动不动。

在这汗水浇灌的芒种时节里，收和种，几乎是同一个时空。而人，则如勤奋的工蚁，在大地上搬运，将每颗麦子颗粒归仓，又连夜耕耘，抽水机浸漫了那已经疲倦了但还必须重打起精神的土地母亲。土地母亲还要接受嗷嗷待哺的秧苗们，还要和汗水们一起供养它们，直至将稻秧养大。这样的轮回几乎又是我们母亲的命运，芒种时节里的母亲浑身满是灰尘，她和父亲并肩割麦，脱粒，平田，拔秧，栽秧。那遍布水田的蚂蟥就趁机咬在了母亲的小腿肚上，母亲上了田埂之后，当着惊呼的我们，她很平静地一一扯断那些饱食了的蚂蟥。

——我们也是剥削母亲的蚂蟥吗？

我们避免成为"小剥削者"，我们自觉地成了小农民，但如此稚嫩，又如此笨拙，被镰刀割了脚，被麦芒刺了眼，栽下的秧苗东倒西歪……

沉默的父亲用一根扁担将想做学徒的我们打上田埂。

于是我们决定去捉黄鳝，芒种时节里，黄鳝们把刚刚栽好秧苗的水田里当成了它们的"太平洋"，在冬眠的洞穴里委屈了一个冬天，它们需要一个自由泳的赛场。

捉黄鳝有好几种方法，最豪华的是竹篾做的黄鳝笼，这样的投资是我们不能企及的。与这种豪华版相反的，是用柴油做火把，用灯光"罩"住"仰泳"在夜晚水田里的黄鳝们。这样的捕捉方法我干过一次，后来我把这个经历写成了一个短篇《蛙在什么地方鸣》。

但柴油照亮的芒种之夜是很珍贵的，因为柴油被生产队里的黑脸机工管着，像我们这样的平民子弟是无法搞到的。

但我们还是有办法的，搞到了最简易的捕黄鳝的办法，去代销店买五根用于玻璃煤油灯和小马灯的扁灯芯以及一小盒大头针，然后小心地拆开这扁灯芯，每根扁灯芯可拆出二十根短线。将大头针折成了鱼钩状，用线系好再系到一尺长的芦苇茎上，在鱼钩上穿上红色的蚯蚓（必须是红蚯蚓，而不是土蚯蚓）。

我们总是在黄昏时分走向田野，将一百个简易捕捉黄鳝器均匀放到我们看中的秧田中（必须偏僻，否则会被人偷走），做好记号，在第二天天亮时分，去将这一百个简易捕捉黄鳝器收上来。一般而言，一百个简易捕捉器上，每天可以收到十条以上的黄鳝。

但是有一天，我的一百个简易捕捉器上，仅仅收获了一条黄鳝。看到失望的我，母亲说，你是不是鼻子聋了，有没有闻到农药味，那块田刚刚打过农药呢。

这么多年过去了，每次路过金黄的麦地，我就想到了我的简易捕捉器。后来它们去什么地方了？我已想不起来了。大头针、扁灯芯的价格也记不起来了。我去网上查了一下，与此有关的怀旧的复古的东西竟然还有：玻璃煤油灯价格是二十六块五，复古的小马灯十元一盏，小马灯的扁灯芯五块钱一米。价格不算贵，交易的人也不多，就像那秧田里的黄鳝，已越来越少了。

但每到芒种，我还是看到总是有一线灯光，倔强地穿过那忙碌而疲惫的芒种之夜。

夏至，是二十四节气之一，在每年公历六月二十一日或二十二日。夏至这天，太阳直射地面的位置到达一年的最北端，几乎直射北回归线，此时，北半球的白昼达最长，且越往北越长。夏至宜读《少年维特之烦恼》（歌德），夏至真好，青春真妙。

夏至：害羞的南瓜

有相当长的一段时间里，我都不愿意提到"南瓜"这个词。喜食南瓜、红薯的妻子还问我："你为什么不喜欢吃南瓜？"我的理由：一辈子吃南瓜的重量是固定的，童年少年时代，我家里几乎是南瓜当饭，吃够了。

童年少年，揭开锅盖，全是金灿灿的南瓜粥南瓜饭，嘴巴里全是南瓜的生涩味。这样的味觉记忆，到了有一天，网上弹出一条消息，说是这个地球上最大的南瓜出现了，是瑞士的一个农场主，他收获的南瓜重九百五十三点五公斤！

这一吨重的南瓜，怎么搬回去？怎么运回家？又怎么切下去，怎么吃完它？

因为纠结于吃这个巨大的南瓜，那几天，我的胃里又泛出了未煮熟的南瓜的生涩味：那是个多雨的日子里，河水猛涨，堆在河岸上的草垛全湿了，灶膛里，烟浓火星少，不知道被熏出了多少眼泪后，这才勉强把一锅南瓜饭煮好，但还是有几块没熟的南瓜塞住了我的喉咙。

我瞟了一眼饭桌上也在吃饭的父亲，父亲的腮帮正有力地鼓动。

不挑食，不抱怨，这是贫穷人家的生存哲学。就连我们家饲养的猪也一样，如果它对母亲送过去的猪食挑嘴的话，那它就必须承受母亲手中铁质猪食勺的猛揍。投胎于此，挑食不可能，抱怨无效，我将生涩的南瓜汁液狠狠地咽了下去。

贫穷之胃永远铭记这样的迫害。但迫害的疼痛，随着时间的推移会逐渐被遗忘。从这个意义上说，此类遗忘和对于南瓜恩情的遗忘本质上没任何区别。

就这样，我远离了我们的南瓜。

　　我的妻
　　我的南瓜花香型的妻
　　朝着它们俯下身子
　　这或许是唯一使南瓜花感动的姿势
　　她掐起一朵朵
　　向怀了瓜妞的花蕊间轻轻套去
　　就那样成全了南瓜花的爱情
　　……

掐了一朵南瓜花，向怀了瓜妞的花蕊间套去。这是种南瓜的好方法，也是穷人们丰收的锦囊妙计。

父亲教过我这样给南瓜套花。南瓜如果自然授粉，花粉量会不足，南瓜开花后"套花"的目的是为了增加花粉量，让南瓜长得更大。其实这是生物学的知识，但在那个曙光初现、露水满地的清晨，父亲突然教我给南瓜"套花"，将雄花外面的花撕掉，仅仅留下雄花的花蕊，带着花蒂套进雌花中。

　　当时我刚十二岁，父亲没有讲道理，但我突然就明白了其中的意思。父亲没有看到我的脸红，继续让我做"套花"的事情，但我的脸在发烫，身体在悸动。

　　　　乡间农历六月的早晨
　　　　在场边　在地角
　　　　低低的南瓜花静静雅雅开着
　　　　看见它们我就觉得　我和我的诗
　　　　来自其中的一根秧上
　　　　……

　　我之所以后来远离南瓜，根本不是胃液的记忆，而是根本不愿意提起那与"发烫"和"悸动"相关的少年隐秘之事。我还必须继续向南瓜坦白，自从给南瓜"套花"之后，我常常去看我套过的花，希望那些南瓜拼命长大。很奇怪的是，我套过的南瓜，最后仅长大了一只，宛如一只地球，结在宇宙藤蔓上的地球，在秘密地长大。

　　渐渐地，南瓜的藤蔓已遮不住南瓜上的光线，洋溢着青春的、不可抑制的生命热情。

　　夏至到了，这是一年中最神秘的一天：北半球白昼最长，黑夜最短，我看到了一道阳光的闪电，从我的南瓜上一划而过……淡黄的南瓜汁液就从伤口中汹涌出来，无休无止，仿佛洪水滔天。

小暑，是二十四节气中第十一个节气，也是干支历午月的结束以及未月的起始；每年公历七月七日或八日视太阳到达黄经一百零五度时为小暑。暑，表示炎热的意思，小暑为小热，还不十分热。此时最宜读《童年》（高尔基），苦难，永远是一所大学。

小暑：蚕豆瓣说话

　　小暑雨如银，大暑雨如金。

　　落在小暑节气里的如银的雨点到底有多大呢？肯定比蚕豆还大。

　　对，是蚕豆，而不是黄豆。不是比黄豆大的雨点，而是比蚕豆还大的雨点。啪嗒啪嗒，冷不丁地，就往下落，从来不跟你商量，即使县广播站里的那个女播音员说了多少次"三千米上空"也没用的。想想也够了不起的，如果那比蚕豆大的雨点是从"三千米上空"落下来的，那当初在天上的时候该有多大？比碗大？比洗脸盆大？还是比我们的圆澡桶还要大？

　　想破头也没用的。比如那播音员还反复说起的"百帕"，那"百帕"

很神秘，几乎是深不可测，究竟是什么意思？去问刚刚毕业回村的高中毕业生，这些穿白的确良衬衫的秀才们支支吾吾的，也说不清楚。

但那神秘的"百帕"肯定与天空有关。而能把"百帕"的消息带回到我们身边的，只有那比蚕豆大的雨点。

啪嗒啪嗒，啪嗒啪嗒，雨下得急，正在"发棵"的水稻们也长得急，还有那些树，大叶子的树，小叶子的树。比蚕豆还大的雨点砸在它们的头上，它们一点也不慌张，身子一晃，比蚕豆大的雨点就弹到地上去了。地上的水，流成了小沟。而原来的小沟，变成了小运河。原来的小河成了湖——它把原来的可以淘米可以杵衣的木码头吃下去了。

比蚕豆大的雨点就这样，落在水面上，砸出了一个个比雨点还大的水泡。那水泡还会游走，像充了气的玻璃船，跟着流水的方向向前走，有的水泡会走得很远，如果它不碰到浮在水面上的几根麦秸秆的话。

小暑的雨点下得恰到好处的话，那是纯银的雨点。如果下得高兴起来，一天也不想停。想想就把那比蚕豆大的雨点往下砸的话，母亲就会很生气：天漏了，一定是天漏了。

那些无法干的衣服，那些潮湿的烧草，那些无法割来的蔬菜，都令母亲心烦意乱。

我们估计是谁与那个"百帕"生气了，但我们不敢说。直到我去县城上高中，问起了物理老师，这才明白什么是"百帕"。"帕"是大气压强单位，播音员说的是低空气压和高空气压。一般近地面的压力大约是一千零一十百帕，四百百帕高度。

但母亲生气的时间常常不会太长，她为了这个小暑的"雨季"早储备了足够的腌制雨菜。所谓雨菜，是指菜籽收获后，掉在地上的菜籽萌发的嫩油菜。母亲把落在田埂上和打谷场上的它们连根拔起，然后洗净腌好贮藏起来。

有雨菜还不够，母亲抓起一把今年刚晒干的蚕豆，蚕豆还青着，但很坚硬。母亲把菜刀反过来，刀刃朝上，夹在两只脚之间。将干蚕豆放在刀刃上，然后举起桑树做的杵衣棒，狠狠砸下——

蚕豆来不及躲闪，已被母亲劈成了两瓣。随后，母亲再剥去蚕豆衣。栖在竹箩里的蚕豆瓣如黄玉，光滑，温润。

外面，那比蚕豆大的雨点还在下，比雨点还大的水泡瞬间产生瞬间破灭。但已和我们无关了，母亲做的腌雨菜豆瓣汤已盛上了桌。那些黄玉般的蚕豆瓣在雨菜的包围中碎裂开来，像荡漾在碗中的一朵朵奇迹之花。

这咸菜蚕豆瓣汤，极咸鲜，极糯，极下饭。

小暑年年会来，比蚕豆大的雨点也会落到我的头上，但不吃这咸菜蚕豆瓣汤已有好多年了！

大暑，是二十四节气之一，北半球在每年公历七月二十二日至二十四日之间，南半球在每年公历一月二十日至二十一日之间，太阳位于黄经一百二十度。意为一年中最热的一天。大暑节气，翻阅《晚饭花集》，听汪曾祺先生慢悠悠地讲少年李小龙的故事，暑气可去一大半。

大暑：珍珠之死

大暑到了，我想写一首《反对大暑天之诗》。

太热了！

抢在我面前写《反对大暑天之诗》的是知了们。它们大声地喊，拼命地喊，声嘶力竭地喊，此起彼伏地喊：在地下潜伏三年，一来到这个世上，就是劈头盖脸的高温和波涛汹涌的热浪。必须反对，反对！可反对又有什么用呢。

没有一丝风，下午有几丝西南风，还没到晚上，停了。

粗暴的大暑天，连凉席都是滚烫滚烫的。

出去找风的日子里，就能发现逮知了的人就多了起来。知了反对酷热的大暑天，他们反对乱喊乱叫的知了，他们手中的电筒把渔婆港边的柳树照得昏头昏脑的。当他们走近，知了的声音会很识相地低了下来。

他们手中塑料袋沉甸甸的：几十只被捉的知了，即将成为盘中餐的知了，集体沉默。

捉知了的人并不知道自己就是那西西弗。捉了那么多的知了，吃了那么多的知了，到了白天，渔婆港边的柳树上，还是有那么多的知了栖在我们看不见的枝头上，大声地喊，拼命地喊，声嘶力竭地喊。

——它们不写《反对大暑天之诗》了，改写《嘲笑人类之歌》了。

大暑天永无尽头，忙碌的空调师傅都中暑了。听着空调机疲惫而无奈的声音，多么想念少年的大暑天：河水清澈，河底清凉，可上岸摘瓜、掰玉米，可在河坎边掏螃蟹，可泡在水中捉鱼，可摸河蚌。

但父亲不准我去摘瓜，不准我去掰玉米——那是人家的瓜、人家的玉米，再馋也不能做"三只手"！被蛇咬过的父亲也不准我去掏螃蟹——很多螃蟹洞里，栖居着的是蛇，在水里摸过去，那蛇头如弹簧般弹起来，啄一致命的一口。

父亲甚至不准我去下河——实在热的话，团到澡桶里，用水泡泡，也一样的。

——一样？！怎么可能一样？！我的头脑里尽是拼命喊叫的知了。它们抗议，反对，坚决抗议，坚决反对。小伙伴们在知了的喊叫中，一个接一个地，踩着斜倚在河面上的大柳树，扑通扑通地，往河里跳。清凉的水花飞溅，溅到我的额头上，仿佛是吐在我额头上的唾沫。那羞辱，那愤怒，比这无尽头的大暑天更为难熬。

我的犟脾气上来了。

父亲开出了条件：如果每天打好两条芦箔，就下河去，但不准摘人家的瓜，也不准掏螃蟹，摸点河蚌就好了。

两条芦箔！每条芦箔得用芦柴一根一根地编起来，编至十市尺长。

每条芦箔可去砖窑上换砖头，也可卖上七毛钱。而十市尺长的芦箔要编多少根芦柴？我没计算过。我计算的是编草箔的草绳。每条草箔需要的草绳是十庹长。当时我还不认识这个"庹"字，只知道"tuǒ"这个音。母亲比画过，"一tuǒ长"就是大人手臂完全张开，从左手指尖到右手指尖的距离。父亲下达的任务，就是让我每天晚上搓上二十庹长的草绳，然后在木坠上绕好，将数不清的芦柴编至十市尺长。接着，再重复一次。

为了把每天下午空出来，我将晚上的时间定为搓绳的时间。为了防蚊，母亲燃起收割下来的苦艾。稻草在我的手心飞快地变成了草绳，又在我的屁股后面团成了蛇环的圈。手心滚烫，放在水盆里浸润一下，再搓。夜晚的知了依旧不知疲倦地喊叫，但我听不见了。如果明天下午我跳进清凉的河水里，那荡漾出来的涟漪，会比地球还大吗？

那是我一生中最为忙碌的大暑天，也是我咬牙坚持的大暑天。一个人独立完成两条芦箔，太难了！但我还是完成了。那个大暑天，我每天仅睡五个小时左右，搓绳至深夜，我的屁股后才有二十庹长的草绳。天刚蒙蒙亮，我得去绕绳，再编芦箔。我的手飞快地翻着木坠子，像无比熟练的纺织工人，纺织这十庹长的大暑天，纺织这二十庹长的大暑天，纺织这无尽头的大暑天。纺织完毕，我会扑通一声跳到水中，狗刨式般的仰泳自由泳，直至泡到黄昏。我带着堆满河蚌的澡桶回家。

从那以后，我家每天午饭的菜，不是咸鱼河蚌，就是韭菜河蚌汤。前者下饭，后者更是能饱肚。看着父亲满意的表情，看着全家人的筷子伸向那盛满了河蚌的碗，我自豪无比。

有一天中午，父亲忽然停止了咀嚼，从嘴里慢慢吐出了两颗"鱼眼睛"。父亲看了又看，说："哎，珍珠！"

"煮熟了，可惜了"。父亲又说。

正准备庆功的我呆住了。那年月，人工珍珠还没开始。传说慈禧太后每天都服用珍珠粉。还有，珍珠都是河蚌吃到树枝上的露水而形成的，很珍贵，可换很多糖。

那天中午，我捏着那两只煮熟了的、已成了鱼眼睛样的珍珠，哭得很伤心，为什么在剖河蚌的时候没有发现？为什么？

知了依旧喊叫，听不出它们是没心没肺，还是幸灾乐祸。但我手中煮熟了的珍珠，已是这比二十庹长还要长的大暑天的两个伤心句号。

立秋，是二十四节气中的第十三个节气，更是干支历未月的结束以及申月的起始。时间在每年公历八月七日至九日之间。

立秋节气最宜读《红楼梦》（曹雪芹），悲秋，悲人，在岁月的悲欢中，咀嚼人世间的种种滋味。

立秋：山芋花开

立秋那天，在水里扑腾的我们被一根竹篙赶上岸来。

竹篙的主人是放鸭的"大山芋"。他姓陈，负责给生产队放鸭，水性极好，救过很多小孩的命。但他管得太宽了，人称"多管局局长"。这个"陈局长"很有意思，虽然立秋了，可天还那样的热，为什么不能下水？立秋的前一天可以下水，为什么隔了一天就不能下水？

"陈局长"的理由是："立秋一日，水冷三分。"

水一冷，那会受凉。一受凉，会泻肚。

泻肚很危险，秋天泻肚更危险。

"陈局长"严格遵守着祖上传下来的规矩，他对那些和他争吵和辩解的孩子说："你说你们老子都不管，我凭什么要管你们？告诉你们，你们老子不管，我是替你们老子管你们！"

"陈局长"边说边亮出竹篙的前段，一串串水在竹篙上快速地游走着，游走到竹篙的前端，又迅速地跌落下来。

那些水是遇到了前端的铁嘴。竹篙的铁嘴里有一颗长长的獠牙，呈"戈"字样。獠牙被磨得锃亮，是竹篙和河底的淤泥一点点撕咬出来的。

铁獠牙在阳光下寒光闪闪。

光屁股的我们如果不想被刺中的话，必须乖乖地爬上岸来，待在热烘烘的太阳下。

我们决定去偷点瓜果解解馋。

田野里满是农药的味道。我们不知道立秋，可虫子们知道。它们总是在深秋到来之前拼命地饕餮。村部门口有个小黑板，小黑板上经常写出它们的名字，就像学校门口的处分决定，要扫除一切害人虫！

黑板上公布的害人虫主要有水稻三化螟、棉铃虫、稻飞虱、红蜘蛛、玉米螟。这其中的"螟"，我和它很熟悉。后来很多时候，去玉器店参观，我满眼都是那小小的绿，"螟"和那些小小的玉器一样，翠绿，透亮。

其实，我们也是田野中的"害人虫"，那些种有瓜果的地域也弥漫着农药的怪味道，他们在给棉花和稻田施药的同时，也顺便给瓜果也打了农药。

怀着满腹的仇恨，我们把目光转向了山芋地。此时此刻，山芋们正待在各自的垄埂上自由生长，山芋地里多了许多缝隙，那是寂寞的山芋们为了急速膨大而裂开的缝隙。透过缝隙，可看到山芋们那结结实实的红皮肤。相比于瓜果，我们并不眼馋山芋。到了秋天，再往更为饥饿的冬天，总是丰收的山芋们肯定会源源不断地虐待我们那泛着酸水的胃。可那个"陈局长"的绰号就是"大山芋"（小说《丑孩》中的大哥"大山芋"用了他的绰号）。吃山芋等于报仇，吃他们家的山芋更是大大的报仇。

我找到"陈局长"家的山芋地。山芋叶在微风中招摇着，和"陈局长"的招风耳酷似。满眼都是"陈局长"的招风耳。我蹲下身来，想找到一道大一点的缝隙，这样才能扒到更大的山芋。

突然，我就看到了几朵花。比菟丝子花大，像喇叭花一样的淡紫红色的花，是在山芋藤上长出来的！

我那时的小心脏啊，扑通扑通扑通，比偷山芋被"陈局长"抓住了还要紧张。

这样的田野，这样"美"的教育，竟然是仇恨赠送给我的。我闻不到农药味了，鼻孔里满是山芋花的清香。

那个下午，我在山芋地前待到了黄昏。招风耳似的山芋叶带着清晰的影子波涛起伏，像是在奔跑，跑到我视线的边界又调皮地蹿了回来。更远处的稻浪也在夕阳下起伏，我突然觉得自己理解了毛主席的那句诗：

"喜看稻菽千重浪，遍地英雄下夕烟。"

处暑，是二十四节气之中的第十四个节气，交节时间点在每年公历八月二十三日前后，太阳到达黄经一百五十度，表示炎热暑期即将过去。处暑节气，最宜读《山海经》，可反思，为什么古人的想象如此瑰丽？

处暑：绕道的豇豆

天太热了，就盼着立秋的到来。

母亲说："立秋也不会多冷，立秋之后还有十八天天火呢。"

立秋之后，天火的确还在无情地焚煮这个人间。但是还是有所不同的，早晨起了变化，尤其倒在搪瓷脸盆里的水，到了清晨，比前一天晚上凉了许多。

夜晚的变化就更明显了。黄昏的云比立秋前的云多了妩媚，多了妖娆。母亲信誓旦旦地说："那是仙女们在银河晾洗她们的漂亮衣服呢。"

真的吗？

晚上乘凉时，母亲又指着渐渐明朗的银河说："你看看，那是天上的银河，你看看东岸有个人，他叫灯草星，他的肩头有根扁担，他挑的是很轻很轻的灯草。"

扁担在哪里？

顺着母亲手指的方向，我们看到了三颗星星。中间的一颗有点红，像一个小伙子由于用力涨红的脸。

母亲又说："西岸有个石头星，他挑的是石头，但他过了河。"

母亲接着就讲了灯草星和石头星这一对同父异母兄弟的故事：晚娘偏心，让自己的亲儿子挑很轻很轻的灯草，让继子挑很重很重的石头。偏偏银河的风太大了，挑灯草的儿子反而没能过河。

听了故事，我们都沉默了很久。我们都长了一副和母亲一模一样的脸，根本不可能是母亲的继子。母亲话中有话，意思是叫我们不要嫌弃她分配给我们的活重。如果挑了灯草，那就过不了银河了。

大人的名字应该统统叫"常有理"。比如，只要我们跟他们闹点别扭，他们总是说"冬瓜有毛，茄子有刺"，真是各人有各人的脾气。

谁也不想做冬瓜，谁也不想做茄子。银河里的仙女们可不想见到如冬瓜一般或者如茄子一般的我们。七月七的晚上，躺到茄子地里可以去银河里见洗衣服的仙女，更可以去摸金元宝呢。

七月初七的晚上，弯月如钩，流萤遍地，我们都在田野上转悠，谁也不会真的躺到茄子地里去。抵近处暑节气的田野变了许多，原先的密不透风稀疏了许多。刀豆架上的刀豆越来越像一把削铅笔的小刀。没人感兴趣的黄瓜独自黄着。冬瓜们在奄拉的瓜叶间露出了多毛的白肚皮。还有南瓜，它们的藤爬得太随意了，结果也太随意了，如果不注意的话，很多时候，会被它们藏在草丛中的实沉实沉的南瓜绊个大跟头。

最令人惊奇的，是母亲种下的矮个子的盘香豇。它是豇豆中最特殊的一种，个子矮小，结出的豇豆不是笔直的一条，而是自然弯曲成一个圆形，就像烧香中的那种盘香。盘香豇产量不高，但味道比笔直如尺的豇豆好吃。为什么它是这样的豇豆？田野上，其实还有很多想不通的东西。比如灌溉渠边的半枝莲，为什么只开半边花？半枝莲是常见的，盘香豇不常见，过了处暑，母亲就不让摘了，她要留种。

到了处暑，盘香豇枝头的豇豆渐渐干枯，与盘香越来越有了差异，因为每一粒果实在枯瘦的豆荚下露出了自己的轮廓。

是的，很多事情都现出了各自的轮廓。远处的稻田，稻田隔壁的棉花地，棉花地后面的高粱地，高粱地隔壁的向日葵地。它们快生长了一个轮回，马上要转场了。

这么多年过去了，到了这个逐渐转场的季节，我还能从我的乱书堆中看到头顶的银河，远方的稻田、棉花地、高粱地、向日葵地，以及向日葵地对岸的父母的坟地。坟地边的草都结满了草籽，它们纷纷低伏下去。一个夏天被草丛覆盖的坟地也有自己的轮廓。

白露，是二十四节气中的第十五个节气，更是干支历申月的结束以及酉月的起始，时间点在每年公历九月七日到九日，太阳到达黄经一百六十五度时，表示天气已经转凉。白露节气，宜读《余光中诗选》（余光中），潮湿的、冰凉的诗句，和泪水同质。

白露：台风归来

台风到来之前，父亲和他一起用新割的芦苇给猪圈加了顶，还修补了灶房的屋顶。余下的芦苇们继续放在太阳下晒。

此时的阳光和半个月前的阳光已完全不一样了。走到树荫下，清凉之风一阵阵拂来。他再次去逡巡了收割了的菽田，父亲已用大铁锹将他们深翻了一次，整个菽田里几乎没有黄豆的黄，变成了满眼的黑土。

也许是父亲的收割行为刺激了依旧在平原上生长的植物们，它们憋了一口气，拼命地生长。山芋地里的缝隙越来越大，稻子们已在秘密地灌浆，玉米们已结到了高处，还有南瓜冬瓜们，几乎每天都会给父亲一个奇迹，随便到哪个草丛中都会摸出一只大南瓜或者大冬瓜。

他从书本上抬起头来，看着磨盘样的南瓜和胖娃娃大的冬瓜发呆，它们的肚子里究竟藏了什么秘密？

有几只蜜蜂还撞到了他的脸上，这是去山芋地里冒出来的青葙花（野鸡冠花）上采蜜的蜜蜂。他认识这开着桃红色花的青葙，前年是一株，去年是三株，今年是八株。

在从容的父亲面前，他已意识到了自己的紧张和可笑，正在训练自己要控制住自己的语速。从夏天到秋天，他原来的语速像准备顶橡树的小牛犊，现在他已慢慢驾驭了这只小牛犊。当他需要表达，需要叙述，他会准确地抓住那刚刚冒出来的牛角。

他慢慢学会使用了句号。那句号，就是露珠，是白露气节的露珠。每一滴露珠都藏着一颗隐忍之心。这颗隐忍之心，目光一样透明，孩童一样无邪。

他不再是小伙子了，成了这个平原上沉稳的叔叔。他看见了草叶上的露珠、稻叶上的露珠、山芋地里青葙上的露珠、摘光了玉米棒的空玉米地上的露珠、被野兔惊落的露珠、刚刚吐絮的新棉上的露珠、蜘蛛网上的露珠、青石磙上的露珠、已长出四叶的紫萝卜地里的露珠。他看到了他的平原上全是露珠。离他最近的一穗狗尾巴草最为贪心呐，它拥有不止一百颗露珠，正肆无忌惮地吮吸着，仿佛饥渴的孩子。最为饥渴的，是他内心的蝉。被无数颗露珠拥抱的蝉，重新找到了属于它的嗓门。

秋分，二十四节气中的第十六个节气，时间一般为每年公历的九月二十二日或二十三日。南方的气候由这一节气起才始入秋。太阳在这一天到达黄经一百八十度，直射地球赤道，因此这一天二十四小时昼夜均分，各十二小时；全球无极昼极夜现象。秋分节气，最宜读《海子的诗》（海子）。海子写秋天的诗远远超过了他写春天的诗。

秋分：向日葵匾

秋天深了，想象中的丰收，一天天变成了现实。

比如那一朵朵摘下来的、又晾到了我打的芦箔上的棉花们，呈现出新鲜的白、灿烂的白、耀眼睛的白。晒了一上午，母亲会俯身将它们全翻个身。那棉花一定很柔软，很舒服，我刚想上去……被母亲严厉地呵斥道：看看你的鬼爪子，把我的棉花弄脏的。

我把手往身上擦了擦，展开来，看了看，又赶紧藏起了我的手，生怕棉花们看到我的难看的指甲，看到被我咬成了锯齿形的指甲，看到指甲缝里那些黑乎乎的东西……

好在田野里可做的事情太多了，芝麻要割，黄豆要拔，花生也要拔了。父亲教给我的农活技巧我是记得清清楚楚的：割芝麻的时候得小心翼翼，拔黄豆的时候可以大大咧咧，到了拔花生的时候又必须用巧劲。

母亲不信任我，父亲同样也不信任我，黄豆我是拔不动的（父亲说，还不如让黄豆来拔你）。割芝麻是不会让我割的，弄不好芝麻会"炸"得一粒不剩。我是可以拔花生的，但父亲同样拒绝了我，他生怕藏在地下的花生们会变得七零八落的，那样花生的产量会少许多。其实，我们家的花生地和其他人家的花生地是不一样的，父亲用积攒了一个冬天的草木灰，让本来是黏土质的花生地变成了沙地，拔花生是非常容易的事，而且，拔花生是多么让人欣喜的事，轻轻抓住花生叶子们，慢慢摇晃，再往上一扯，很多藏在土里的花生娃娃就被叮叮当当地拔出来了。

父亲只让我做一件事，那就是给邻居分享"水花生"。这里所说的水花生是指收获的时候没有完全成熟的那些花生们。母亲将它们淘洗干净，放在大铁锅中，煮得喷香喷香的——在灶后烧火的我，一边往灶膛里塞稻草，一边咽着口水。自家的新鲜的水花生，可以敞开肚皮吃的。

水花生很快就熟了，但父亲让母亲用一只碗盛着煮好的水花生送邻居。而送水花生的任务落在我的身上。很不情愿的我必须在父亲严厉的目光中，将本来属于我的水花生送给了一家又一家邻居。铁锅里的水花生快速地少了下去，直到锅底的时候，母亲才停止让我分送水花生的行为。

快要淌麻油了！母亲笑着说，又不是没有，锅里不是还有吗？

锅里是还有，可全是小的、瘪的、吃不上嘴的。我跑出了家门，再次走到田野上，田野上有许多向日葵秆，那些向日葵秆上的葵匾被一一砍掉了，光秃秃的，很是怪异，但它们依旧笔直地站着，它们的叶子在秋风中翻卷着，似乎不知道那葵匾已被割去了。

那天我还是主动回到了家。桌上除了水花生，还多了一碗刚刚煮熟的菱角——这是邻居家刚刚送过来的。我不敢和父亲对视，刚才的委屈似乎错了，而且错得很厉害。

1994年的秋天，中风多年的父亲去世了，正是秋分后的第三天。所以每到秋分时节，我会想到白棉花，想到委屈的水花生，想到邻居家的菱角，想到那黄昏里被砍去了葵匾的一棵棵葵秆，它们依旧站得很直……我的悲伤就成了一阵阵秋风，吹过去，也就吹过去了。

寒露，是二十四节气中的第十七个节气，是干支历酉月的结束以及戌月的起始，时间点在每年公历十月八日或九日视太阳到达黄经一百九十五度（处于室女座）时。此时气温比白露时更低，地面的露水更冷，快要凝结成霜了，宜读《野草》（鲁迅）。

寒露：稻捆与稻捆

秋收的日子总是很忙，寒露到了，秋收也到了总决战的时候。

总决战的标志是父亲磨刀，他俯身在磨刀砖上磨镰刀。

磨刀砖是块砌城墙的砖——是父亲去县城护城河里罱泥罱到的。父亲一边磨着，一边往镰刀的刃口洒了几滴水。不一会，磨出的泥浆慢慢爬到了置放磨刀砖的凳子上。

磨刀的父亲非常专注，有只苍蝇盯在他的后脖子上，他也没空理睬，每磨一会儿，他就用大拇指试着镰刀的刃口。父亲的手上也粘了泥浆。

砌城墙的砖头质量太好了，磨了好多年了，城墙砖仅仅磨出了一道好看的凹面。

　　一把，两把，三把，父亲会一口气磨好三把镰刀。这三把镰刀并不代表明天有三个人割稻，其中有一把是父亲的备用镰刀。

　　磨好了镰刀，父亲嘱咐全家早点睡。父亲的口头禅是："没钱打肉吃，睡觉养精神。多睡点，就有力气干活了。"

　　睡觉之前，我又看了搁在院子里的镰刀。镰刀很亮，更亮的是头顶上的月亮。秋天越深，月亮越白，天庭上的月亮比大队部的汽油灯还亮。

　　我也不知道自己是什么时候睡着的，但醒来的时候，月亮还在西天上，还是很亮。我怀疑父亲都没有睡觉。我再看母亲，母亲煮了两大锅饭，一锅饭早上吃，一锅饭带到田里，充当午饭和晚饭。

　　早上吃饭是很少见的，我吃得太快，竟然噎住了。父亲有经验，用筷子猛然抽打我的头。我丢下碗筷，双手护头，竟好了。

　　吃了早饭就上船去田里割稻，离开村庄的时候，整个村庄还没醒来，有雄鸡在长啼，但我们已快到我们家稻田了。

　　月亮是在我们上了岸不见的。天暗了下来，但东边已有了鱼肚白。田埂上全是露水，冰凉冰凉的，打了几个冷战，上牙磕打着下巴，由于肚子里有饱饭，一点也不冷。

　　父亲的镰刀所到之处，待在稻田里的蚂蚱们就到处乱跳，有的撞到了父亲的脸上，有的还逃到了我的嘴巴里。父亲顾不上它们，我也顾不上它们。父亲母亲割稻，我要负责捡他们割漏下的稻呢。

　　东边的天色渐渐亮了起来，我们家的稻田已割掉了一小部分。隔不远处，也有人家来割稻了。

　　整天田野里，弥漫着好闻的青草味——这是稻根被割后的味道，是天下最好闻的味道。

　　捆稻的腰是父亲割的稗子棵，一分为二，两头打个结。那些稗子长得很高，也很有韧劲。父亲用镰刀搂起一群稻子，像哄孩子那样，把它们聚拢在一起，然后用稗子腰将稻子们快速扎起。

多少年过去了，我还记得起父亲捆稻的样子，还有父亲挑稻捆上船的样子：先用木杈叉住两捆稻，接着就用柄这一头插到前面的一捆稻的腰中，一次三捆，虎虎生风地向我们家船上走去。

稻捆一捆又一捆地上了船，船的吃水线一再下埋。

在我们家木船的吃水线快要到极限时，一天的总决战结束了。

此时，一天早过去了，月亮又升起来了。因为稻捆堆得很高，母亲在船头导航，父亲使用一根长长的竹篙划船。

咚，哗啦。咚，哗啦。

"咚"是竹篙下水的声音。"哗啦"是竹篙出水的声音。

河水已很凉了，月光也很凉，我的光脚丫更凉，我决定把自己的脚伸到稻捆中间。

——那稻捆里，竟然很暖和很暖和。

霜降，是二十四节气中的第十八个节气，每年公历十月二十三日左右，霜降节气含有天气渐冷、初霜出现的意思，是秋季的最后一个节气。宜读《时光简史》(霍金)，时间啊时间，如此时此刻的霜降。

霜降：紫萝卜的抵抗

这是大地最空旷的时刻，稻子被割走了，麦子还没来得及种上，大地无比辽阔，就像父亲那宽阔的额头。

霜，就落在父亲的鬓角上。

霜，也落在还在篱笆上坚持着的扁豆藤和丝瓜藤上。

被霜打过的丝瓜和扁豆还坚持着结果，但不能吃了，苦涩苦涩的，就像我们村庄上那些遭受厄运的乡亲们，他们的话音中全是苦涩。

父亲会把这些劳苦了一个季节的丝瓜藤和扁豆藤扯掉，晒干了，成为燃料——由于奉献了一个季节，这些燃料并不受欢迎，它们的火力已很小很小了。

最空旷的大地上也有葱茏之处，比如萝卜地。

那些萝卜已非常葱茏，非常茂盛了。这样的萝卜，霜对它们是无可奈何的，反而令萝卜们更加葱茏更加茂盛了，就像倔强的父亲。他不会服老，人家用的是挖墒机，而他坚持用大洋锹，硬是在空旷的稻田中，为下一季的麦子挖出了一条又一条笔直的墒沟。

现在跟年轻人说起"墒"，他们很多已不了解了。

但可以给年轻人讲拔萝卜。幼儿园的孩子都学唱过："拔啊拔啊拔萝卜，拔萝卜，拔萝卜，嘿哟嘿哟拔不动！"

真正拔不动的萝卜其实是很少的，到了霜降，就到了拔萝卜的季节了。在拔之前，是根本不知道藏在地底下的萝卜有多大。有句俗话是这样的："拔出萝卜带出泥。"能带出泥的萝卜是非常好吃的，最好立即就吃，将泥在裤腿上擦一擦，就可以放到嘴巴里了，它的比梨还鲜嫩的味道只有我们的舌头知道。如果被太阳一晒，那味道就打了五折，寡了味。

拔萝卜的快乐把霜降带来的忧郁和不安都抵消了。

我们家种过许多种萝卜，比如大白萝卜、红萝卜、青萝卜，这三种都是腌制萝卜干的好材料。最令我们村里孩子羡慕的，是我们家种了其他人家不种的紫萝卜。

紫萝卜和桑葚一样，是天然的染料，吃完了，你的嘴唇你的舌头你的唾液全是紫色的。

紫萝卜产量不高，但卖相很好。

老家仅离我老家不足五十公里的汪曾祺先生在他的散文《萝卜》中写道："紫萝卜不大，大的如一个大衣扣子，扁圆形，皮色乌紫，据说这是五倍子染的。看来不是本色，因为它掉色，吃了，嘴唇牙肉也是乌紫乌紫的。里面的肉却是嫩白的。这种萝卜非本地所产，主产于泰州。每年秋末，就有泰州人来卖紫萝卜，都是女的，挎一个柳条篮子，沿街吆喝：'紫萝——卜！'"

汪曾祺先生是个美食家，但他在这方面犯了个小错误，紫萝卜哪里是五倍子染的？你想想也不对，怎么染进去，用针管吗？还是放到染缸中染？

都是不可能的。

就像霜降的时候，你不可能见到一个忧伤的农民，稻子颗粒归仓，麦子快要种下，有了萝卜，在萝卜之后还有越冬的大白菜，心里有数得很呢。

"有数"，是自信，也是旺盛的生命力。

到了霜降，棉花就暖和了，亲情就暖和了，乡愁就暖和了。我的诗人朋友孙昕晨是写霜降写得很好的诗人。

他在我的第一本诗集《开始》的序中这样写过"霜降"："你看见他了吗？一个名叫庞余亮的青年。一九八五年，在一个叫沙沟的乡村学校里开始了教书生涯。夜深了，他就像那只躲在草丛里的蟋蟀，寂寞地叫着——'每天夜晚，我总把我的忧郁／变成一盏灯笼'。秋风凉了。这只蟋蟀高一声，低一声，不知不觉，寒露就变成了霜降。没有人听见这一切，这是'大地上的事情'。"

这篇序后来刊登在《南方周末》上，引起了不少的反响。

这篇有关霜降的序的题目叫《你听见寂静了吗》。

是的，霜在一点点往下降，降到大地上，降到我们的鬓角上，也降到我们伤感的心上。

但是，再漫长的寂静，我们也有萝卜来抵抗。

立冬，是二十四节气中的第十九个节气，也是汉族传统节日之一，作为干支历戌月的结束以及亥月的起始；时间点在每年公历十一月七日至八日之间，即太阳位于黄经二百二十五度。此时，太阳位于赤纬 −16° 19′，日照时间将继续缩短。宜读《爱与黑暗的故事》（奥兹），在太阳下，生命的秘密是爱与黑暗。

立冬：布鞋的恩情

那天，在 2 路公共汽车上，我遇见了一个老者，他跟我说起了他少年时的往事。很多很多年前，他从广陵考上了县中。每周必须走回去，为了节省布鞋，总是赤着脚走到城北桥，然后到港里把脚洗干净，再穿上布鞋去县中上课。到了周末回家，同样是走到城北桥，把布鞋脱下来，放到书包里，再赤脚走回去。

他说："这些故事讲给年轻人也不懂的。"

但是我懂，我少年时也是这样的"赤脚大仙"。每个少年赤脚的时间很长很长，从立春开始赤脚。为了证明这点，我们老家就有了这样的老话："立了春，赤脚奔。"现在想起来，我们童年时的气温比现在还要冷。

每年立春的时候，最高气温不会超过十度。春寒料峭，竟然要赤脚？这个老话有了骗我们赤脚的意思。

但赤脚可以省布鞋。

每年会有很长很长的时间是不需要布鞋的。

似乎是为了对应似的，立春脱掉布鞋赤脚，而立冬时就得穿上布鞋。立冬前，挖完了芋头，又在山芋地里耙了又耙（以防止遗留的小山芋），还要把山芋一块块切开（往往手上全是切山芋的血泡），再一一晒到屋顶上的芦箔上。把这一切忙好之后，就可以穿布鞋了。

也许是很长时间没穿布鞋，野了一个春天一个夏天加一个冬天的脚比我还不耐烦，常常把布鞋当成拖鞋穿着。母亲因此会狠狠地骂我是败家子——鞋帮可是要先坏了。

穿着布鞋的我，仿佛脱去了那件调皮的外衣，变得很文静，走路也慢悠悠的，布鞋实在太费力气了，纳鞋底的母亲要在油灯下熬多少个茫茫黑夜啊。

没有了调皮，没有了奔跑，我会走到打谷场上，坐在那只刚刚忙碌了一个秋天的石磙上，眺望远处的新草垛，每只草垛都如山一样诱惑着我们。如果没有大人在的话，那我是可以脱掉布鞋，爬上"山"，顺着草垛往下滑——而这样的滑又会令我的裤子容易出问题。

为了克制自己爬"山"的欲望，我逼着自己往不远处的田野眺望。田里的麦苗们已冒出一指高了，它们的颜色是那样的翠绿，每棵麦苗的额头上都挂着一颗亮晶晶的汗珠，它们为了在立冬前拱出地面，真是费了不少力气呢。那时我还没读过诗，更没写过一行诗，只是觉得特别美——是那种令人动心的坚定不移的美。

很多很多的立冬过去了，赤脚的日子也成为一种不确切的记忆。但每年还是有那么多的青青麦苗们，赶在立冬之前，从地底下，一棵一棵地冒出来，并站在大地上，站在我们的身边，准备陪伴我们一起越过这漫长的冬天。

小雪，是二十四节气中的第二十个节气。每年公历十一月二十二日或二十三日，太阳到达黄经二百四十度，此时称为小雪节气。气温下降，逐渐降到零度以下，但大地尚未过于寒冷，虽开始降雪，但雪量不大，故称小雪。此时宜读金圣叹评点的《水浒传》，豆腐干与花生同嚼，有火腿味，不亦快哉！

小雪：芦絮的叙述

我的老家是座芦苇荡环绕的村庄。春天会被油菜花照亮，夏季有荷花的清香，而到了小雪季，必然有"小雪"飞舞——那是随着西北风飞舞的雪白芦絮。

这么多年过去了，芦苇荡一片一片地消失了，有的长满了水杉，有的变成了鱼塘，这几年鱼塘又慢慢变成了蟹塘，很多张牙舞爪的螃蟹们在里面爬来爬去，生气地吐着泡泡，像是在对着我们人类吐口水。它们肯定是在生气：过去每只螃蟹都是有洞穴为家的，现在谁也没地方做蟹洞了。

作为越冬植物的油菜花又是和小雪季节有关的。

因为小雪到了，在寒风中栽菜的日子又到了。必须要在收获过的稻田中挖出墒沟（油菜地的墒沟并不像麦地的墒沟那样深，能用于油菜地的灌溉之需就可以了），接着就是"打"出移栽油菜的小泥塘。而油菜苗早在二十天前就育好了，一棵一棵地用小铲锹移栽到小泥塘中。

西北风越刮越大，每个人的脸都是黑的。但必须坚持栽完——要抢在初霜之天让移栽的油菜们"醒棵"。这也是秋收之后最重的一项农活了，移栽完油菜，大家就可以直起腰杆喘口气了。

对于栽菜这项苦活计，我内心是有疑问的，为什么不直接把菜籽种到泥塘中呢？这样就不用移栽了。

父亲说，直接种的菜不发棵！

父亲又说，牛扣在桩上也是老！做农民还偷懒？

父亲对我的话很是不满意，为了不让他继续发火，我加快了栽菜的速度。但我的速度还是赶不上沉默不语的母亲。

栽下去的油菜苗到了下午就蔫了下去，整个一块菜地几乎没一棵直立的。但父亲一点也不担心，到了晚上，一块油菜地栽完了，抽水机开始作业，将河里的水引到油菜地里，那些移栽过来的油菜们慢慢喝足了水。

到了第二天，每棵移栽过来的油菜都有一片或两片叶子竖了起来。到了第三天，所有的油菜都活了。

再后来，油菜们就拼命地长。一片两片叶，经历霜冻，经历真正的雪的覆盖，到了春天，越过冬天的它们都记得开花，就是大家都看到的金灿灿的油菜花。

……

可要移栽到多少田亩才能停下来
把眼中的泪水拭净

或者把天边的积雨云推得更远——
已深陷在水洼里的
那不可一世的红色拖拉机
正在绝望地轰鸣着
扬起的泥点多像是我们浪费过的时光

　　这是我为那些年的油菜写的《移栽》。
　　这么多年过去了，只要我身边的朋友赞叹我老家的油菜多么美，我总是想起那些移栽后又复活的油菜，它们多像经历了一场苦难又终于站起来的乡亲。

大雪，是二十四节气中的第二十一个节气，时间是每年的公历十二月七日或八日，也是干支历亥月的结束以及子月的起始，其时太阳到达黄经二百五十五度。大雪节气，宜读王羲之的书法作品《快雪时晴帖》，二十八个字，气象万千，奥妙无限。

大雪：慈姑的小辫子

大雪节气到了，就得挖慈姑了。

慈姑和莲藕一样，都属于水生植物。它们的叶子都是"出淤泥而不染"，为什么仅仅歌颂莲花呢？慈姑的叶子也好看，每次看到慈姑的时候，我总是想到一个扎着翠绿头巾的小姑娘。这个叫"慈姑"的害羞腼腆的小姑娘，一边小声地说话，一边还用牙齿轻轻地咬着头巾的一角。

——这后面的意象来自舒婷的诗《惠安女子》，自从爱上了诗歌，我几乎把家乡的每一种植物都抒情过了。

但我深深地明白，抒情就是给贫苦的记忆"镀金"。"镀金"的表层下面，依旧是窘迫，是沉默，是饥饿，还有旷野里的痛哭！

大雪季节里的痛哭是我一个人的。那年我六岁，父亲早早挖开了我家二分地的慈姑（他是粗挖），而我必须独自再在父亲挖的每一块粗垡中，找到一个个隐藏在土中的慈姑。

为什么不在大雪季节前，甚至可以在初霜之前，把所有躲在泥土中的慈姑挖出来呢？父亲说，挖早了，慈姑没慈姑味。

每一颗带慈姑味的慈姑又都是狡猾的，它们躲在黏土中。我的每一根指头，都被带着冰碴的黏土完全冻僵。开始是疼，后来是麻木，再后来又疼，接着又痒又疼。清水鼻涕……旷野无人，我被冻僵在一群慈姑之中。就从那时起，我决定不再吃慈姑。

而家里的每一样菜是离不开慈姑的，比如令汪曾祺先生念念不忘的咸菜烧慈姑，我们家几乎是家常，一点也不好吃。当然，如果慈姑烧肉或者慈姑片炒肉片，那我对慈姑的看法会改变一些。

可哪里有钱买肉呢？继续吃慈姑，或者继续吃咸菜烧慈姑。

幸亏在这样的慈姑家常菜之外，母亲又为慈姑发明了两道慈姑菜：一是把慈姑做成肉圆，二是将慈姑变成栗子。这两道菜是母亲的魔术，也只有在大雪节气的农闲时节，母亲的魔术才能充分展现出来。

慈姑做成肉圆需要一只金属的淘米箩。金属淘米箩的外面有凸着的密密麻麻的窟窿，这窟窿是天生的小刨子，将慈姑放在上面来回地磨，慈姑就成了粉末，和以面粉和鸡蛋，再捏成丸子，放在油锅里煎炸，就成了和肉圆差不多的慈姑圆子。

母亲还有一个"绝技"就是把慈姑肉变成栗子肉。慈姑味苦，栗子粉甜。但母亲会做转化，她将慈姑们放到清水中煮熟，捞起，放到太阳下完全晒干。雪白的慈姑干成了栗子色，再煮着吃就不再是慈姑味了，而是又粉又香的栗子味了。

我喜欢吃慈姑圆子，也喜欢吃慈姑干。我曾将这两种慈姑的做法告诉研究地方史的郭保康老人，他说他没听说过，还说他要回去试试。

因为慈姑，我实实在在地为母亲骄傲。

冬至，与夏至相对，二十四节气中的第二十二个节气。冬至在太阳到达黄经二百七十度时开始，时间是每年公历的十二月二十二日左右。冬至这天，太阳直射地面的位置到达一年的最南端，几乎直射南回归线（南纬23° 26'）。这一天北半球得到的阳光最少，比南半球少了百分之五十。可读《呼兰河传》（萧红），那北方冬天里，小小的中国童年。

冬至：石臼的牙齿

有人问过我："你为什么能写儿童文学？"我想了又想，我写儿童文学，其实是想用文字来补偿我孤单而饥饿的童年。

我的童年有许多囧事，我的童年有许多谜面。

比如，我从小就听母亲说："冬至大如年。"

明明还有两个月才过年啊，为什么说"大如年"呢？

长大了，母亲所说的"冬至大如年"答案被我找了出来：古人用过"周历"，而"周历"的正月新年就是冬至。再后来，我们的祖先沿用了与时令更为吻合的夏历（农历）。但对"冬至"是正月新年的记忆还在。

十四年前的春天，苦楝花最盛的时候，母亲永远离开了我。

与母亲有关的老石臼也不知被哪个城里人廉价收购走了。

为什么要提起那只老石臼？

还是因为冬至，冬至要吃糯米团。而吃糯米团，我就必须得和母亲配合，去老石臼边搕糯米粉。

母亲和淘好的新糯米们蹲在那只老石臼这边。老石臼那边，我像一个小猛士，使出吃奶的力气跳到臼柄上！可那臼柄纹丝不动，就像是在嘲笑我对母亲拍的胸脯吹的牛。母亲微笑着，看着我再次摩拳擦掌，吸气，我的肚皮贴到背脊上。可还没有跳上去，草绳的裤带就这样松了下来——没有穿裤头的我就这样暴露在光天化日之下，在臼那边喂米的母亲哈哈大笑。

后来，只要到了冬至，到了用石臼搕糯米粉，母亲就会将我当年这个"走光"的场景再重复一遍。其实，"走光"仅发生过一次，童年的我实在是太瘦了，太饿了，稻草绳的裤带又太松了（一九八三年高考体检，我的体重才长到四十四公斤，但因未达到四十五公斤的体重标准，被盖了一个"限考"的印戳）！

用老石臼搕出的糯米粉散发着特别的清香，做出来的糯米团特别黏牙，慢慢嚼着，舌尖上会涌出别样的甜。每当父亲表扬糯米团做得好，母亲就把功劳归到我的头上。父亲听了，并不表扬我。父亲是不喜欢表扬我的。也正因为如此，我就叛逆地否定和排斥父亲喜欢的事物，比如，父亲喜欢糯米之类的黏食，而我坚决不喜欢的。这样，我失去了很多和父亲交流的机会。

但糯米还在。

冬至还在。

冬至是北半球影子最长的一天，恰如我在疼痛中思亲的影子。

小寒，是二十四节气中的第二十三个节气，这时正值
"三九"前后，每年公历一月五至七日之间，太阳位于黄经
二百八十五度，开始进入一年中最寒冷的日子。宜读《鲁迅小说
全集》（鲁迅），鲁迅是全世界写冬天最好的作家，没有之一。

小寒：糯米锅巴

俗话说："小寒大寒，冻成一团。"

但最冷，还数小寒节气。小寒几乎与"三九"重叠了。

我懂得"三九"这个概念，并不是因为语文老师。那时有线广播里
反复播放一首高亢的歌："红岩上红梅开，千里冰霜脚下踩，三九严寒何
所惧，一片丹心向阳开……"

"三九严寒何所惧"——我们单薄的身体又怎么可能何所惧呢？挤暖
和需要吃饱饭，可肚子里只有咣当咣当的稀饭。晒太阳？可西北风乱窜
的室外晒太阳也没用。只有装满粗糠和草木灰的铜脚炉还能给点力，但
时间不会太长。

最佳御寒的办法是给身体加油——多弄点吃的东西塞到胃里。

但哪里有吃的呢？树上没吃的，野外没吃的，河里没吃的，封冻了。有一年，因为歉收，父亲规定，一天只吃两顿。

吃了两顿，就没力气出来和小伙伴们捉迷藏了，总是早早上了床。父亲还教育我们："没钱打肉吃，睡觉养精神。"

睡觉是能养精神的，但饿着肚子的我，越睡越精神，一点也没睡意，耳朵竖得老长，像是一根天线，接收着屋外各种各样的声音，并从接收的声音中分辨出声音源头。许多奇怪的故事被我想象出来了，后来又消失了。我躺在向日葵秆搭成的床上，稻草在我的身上发出幸灾乐祸的声音，我从肚皮这边摸到了后背。

但有一年，也是"多收了三五斗"的一年，稻子丰收，整个冬天我们家都是一天三顿。小时候的冬天，雪天多。丰收那年的三九严寒天也在下雪。父亲喜欢下雪，冬雪可利第二年的丰收。因为高兴，喜爱黏食的父亲建议煮一顿糯米菜饭！

这顿糯米菜饭是在父亲的指导下完成的，先炒青菜，再放糯米，慢火烧沸，闷一小会，再加一个稻草团，待这个稻草团烧完了，糯米饭的香味就把我紧紧地捆住了！真的是捆住了！

我忘记了很多挨冻的日子，也忘记了很多挨饿的日子，但永远记得那年小寒节气里的这顿盛宴——糯米菜饭。

这顿盛宴的尾声，母亲把糯米菜饭的锅巴全部赏给了我。

后来上了大学，我去外语系的同学那里玩，看到他们的课表。他们有泛读课，还有精读课。我不知道他们怎么讲这些课，但对于我而言，那顿贫寒人家的盛宴上，我于糯米饭，是泛读课；我于糯米饭的锅巴，则是精读课，我是一颗一颗地嚼完的。嚼完之后，我有很长时间没有说话。我是生怕那些被我嚼下去的锅巴们再次跑出来。

还有，我全身是暖和和的。

现在想起这场四十年前的盛宴啊，我全身还是暖和和的。

大寒，是二十四节气中的最后一个节气。每年公历一月二十日前后，太阳到达黄经三百度时，即为大寒。这时寒潮南下频繁，为一年中的最冷时期。宜读柏桦诗集《往事》，在这本诗集中，柏桦说，唯有旧日子带给我们幸福。

大寒：一百岁的铜脚炉

"南方的冬天比北方难受，屋里不升火。晚上脱了棉衣，钻进冰凉的被窝里，早起，穿上冰凉的棉袄棉裤，真冷。"

这是汪曾祺先生的《冬天》，也是我们的大寒天。

真冷！

冷已使我们无处可藏。屋里的温度和外面的温度几乎一样。

水缸里如果忘记了放两根竹片，水缸也会冻裂。

毛巾瞬间就成了毛巾棍子。

所以，属于大寒节气的成语只能是"霜刀雪剑"。

刀也好，剑也罢，均是不怀好意的寒冷。在霜刀与雪剑之间，你准备选择哪个？

霜前冷，雪后寒。如果让我选择的话，我选择"霜刀"，不怀好意的霜习惯于夜袭，在夜晚里，我们有棉被，棉被下兴许还有一只暖和和的装满了热水的盐水瓶。

"雪剑"就不一样了。下完的雪总是不肯走，大人们说，雪在等雪。雪不是好东西，它毫不客气地带走了大太阳给我们的热量，那雪化了又冻，冻了又化，就像我们的冻疮。比如手指、手面，先是如酒酵馒头样鼓起来，然后又干瘪下去。接着是痒，再是疼，再后又痒，疼痒都难受啊。但不能乱抓，破了会溃烂，就像屋外那冻了又化的黏土们。

如果不穿很古老很古老的钉鞋，我们是不可以在化了冻的外面乱疯的，因为属于我们的雨靴也是没有的。如果出去，很珍贵的布棉鞋会浸湿，无法烤干的话，第二天就得光脚。对了，还有脚上的冻疮、耳朵上的冻疮，进被窝前，这些冻疮都会"争先恐后"地跳出来，暖和也痒疼，冷了也痒疼，放到被窝里也痒疼，不放到被窝里也痒疼……外面的雪化了冻，冻了又化，有时候，还听到屋檐下"冻冻丁"掉落在地上碎裂的声音，那不是因为融化，而是做屋檐的旧稻草们撑不住了。

好在还有铜脚炉！

多年之后，读到了诗人柏桦的《唯有旧日子带给我们幸福》，我突然就想到了一句话："唯有铜脚炉带给我们幸福。"

是的，铜脚炉！紫铜的铜脚炉！黄铜的铜脚炉！柴草的余火覆盖着耐燃的砻糠，除了取暖，还有炸蚕豆、炸黄豆、炸稻粒……最神奇的炸麻花，将几粒玉米丢在铜脚炉里，用两根芦柴做成的筷子将灰烬中的它们来回翻滚，一边翻滚一边还在喊："麻花麻花你别炸，要炸就炸笆斗大。"

翻滚着，翻滚着，那玉米突然就变形了，成了一朵灿烂的芳香的麻花！

想想当时的我们真是贪心啊，笆斗有多大呢——它是藤和竹编成的容器，可装一百五十斤稻！

现在呢，铜脚炉不多见了，麻花也不多见了（电影院里的那麻花不算是麻花）。我们那些笆斗大的麻花去哪里了呢？麻花的香味又飘到哪里去了呢？

......

一滴泪珠坠落，打湿书页的一角

一根头发飘下来，又轻轻拂走

如果你这时来访，我会对你说

记住吧，老朋友

唯有旧日子带给我们幸福

第二辑　书生在乡下

当我的学生像蒲公英小伞被命运之风吹落到大地上的各个角落时，我记下了他们飞翔的小影子。我之所以说是"小影子"，是因为"小影子"更加轻盈、透明，更具有击透我在乡村忧伤的力量。

我的乡下足球

还记得第一次在师范学校里接触足球，我还穿着一双松紧口的布鞋。我正在操场边走，一只黑白相间的足球就朝我滚了过来，在操场上光着上身踢球的几个高年级同学就招呼我把球踢回去。我很兴奋，看着那几乎不动的足球，用力一踢，只觉得足球好重，足球是踢回去了，而我却崴了脚，一拐一拐地走了好几天路。我脚好了之后，就开始学踢足球了，就这样，上了几年师范，也踢了几年足球。

我还苦练过倒挂金钩，竟也学成了，不过在比赛时从未用上过。球飞来的时候，我慌得连头球都顾不上了，还用手去抓，一抓就犯了规。手球！还罚任意球。罚多了，同学们就不带我上场了，有时我恨不得把双手捆起来上场。

临毕业时，因为我踢得少，同学们把那只和我合买的足球放了气，送给了我，让我带回家。待到了我分配的学校后，我心凉了半截，本来准备独享足球的，没想到学校连半个足球场也没有，上面还坑坑洼洼的，像是我抠完了青春痘后的面颊，寂寞中有一种别样的疼。

乡村学校也有一些球事，一只在破篮板上弹来弹去的胶皮篮球，在补丁处处的水泥乒乓球台上得得得乱响的乒乓球，破了网又补好了的羽毛球，后来还有了牛皮篮球。我发现学生们玩得最多的是弹玻璃球——闪烁着异彩的玻璃球在泥地上追逐着，嬉闹着，最后都咕噜咕噜滚到了前方一只用手指抠出来的凹坑里。

有一次我还蹲下来看他们斗玻璃球，玻璃球们滚啊滚啊，刚才还闪闪发亮的玻璃球一下子就成了泥球了。孩子们全神贯注，一点也没有留意我在观看，待他们一抬头，都愣了，这也是一群泥球啊，还拖着鼻涕……看着他们愕然的样子，我咯咯咯地笑了起来，这些泥球就在我忘情大笑时都快速地"滚"走了。我的眼泪快要笑出来了，我又想起了那只"饿"了多少天的足球了，我来这个学校多少天了，它还没有享受过那欢乐的笑声、叫喊声与晶莹的汗珠酿成的青春佳肴。

那些玩玻璃球的学生在下午上课时总躲着我的目光，而我在那天下午却找了个理由与校长吵了一架。校长笑眯眯地看着我吵，直至我把眼泪吵了出来。校长可能看穿了我，说，实在寂寞，就听听收音机吧。我是很喜欢听收音机的。

校长喜欢听收音机中咿咿呀呀的淮戏，而我则是喜欢听收音机中中央人民广播电台的体育节目。每当运动员进行曲开始响起的时候，我寂寞的心就像那不安分的足球在那凹凸不平的泥操场上滚动啊滚动，一会儿被撞了弹跳起来，一会儿又落了下去，好久也看不见它，再过一会，它又在泥操场上滚动起来。

第三年秋天，我们学校分来了一位师范生。这个师范生肯定也对这样的乡村学校失望，他对我说，我一定要再考出去，我要考研。我们很谈得来，谈到最后才知道他还能踢得一脚好足球，于是我又把那只饿了多年的足球找出来，用打自行车的气筒打气，我摁着气嘴他打气，好不容易才打了个半饱。球就这么踢了起来，很多学生在放学后都不回家，看着我们在泥操场上对跑着传球。

传了一会儿球，我们又开始朝教室外的一面山墙上踢球，只踢了几下就不敢再踢了——山墙太朽了，不停地掉灰！最后我们只有一对一地打，但一对一地打还是兴奋不起来，气喘吁吁地。用校长的话来说，我们有点吃饱了没事做。

就在我们要放弃这种游戏时，一个胆大的学生加入了我们的队伍，我们开始三角传球。学生个子小，我们三个人踢球有点像两只老鹰带着一只小鸡在踢足球。再后来踢足球的学生多了，我们就干脆分成两队。

泥操场的东边长了一丛杂生的苦楝树，大部分是苦楝果落下来长成的，所以我们就用两棵苦楝树做门。我们进球的标准与学生们进球的标准是不一样的，我们不能用力踢球，只能推射。而且高度也规定好了，膝盖以下才能算进。没有越位，也没有角球。

有时我们两个老师一个队，五个学生一个队，二对五，或者二对六。有时我带一个队，那个老师带一个队。两个队打半场球，改一个球门，我们轻易地对足球进行了"革命"。

足球踢起来了，操场上的有些草就不用拔了，那些草都被我们踢光了。有时候我们踢高了，球打在苦楝树上，就会把苦楝果打得哗啦哗啦地往下落，像下雨一样，一阵又一阵的。有时球就干脆卡在了苦楝树的枝杈间，苦楝树长得严严实实的，会爬树的学生蹿上去，把球弄下来，又落下了一阵苦楝果雨。

老校长看着好玩，也想过过瘾。我们怕他受伤，就让他当裁判。而这个裁判总是吹黑哨，在他的默许和纵容下，学生们踢不过我们就派两个人抱着我们的双腿，而另几个学生就把球轻而易举地踢了进去。校长好像没有看见似的，还说进球有效。这就是我们学校的足球，也是我们喜爱的苦中作乐的足球。

世界杯要到了，我的那位球友兼同事从家里抱来一台红壳的九英寸的电视机。我和他用铅丝做成了王字形的天线，用毛竹竿竖了起来。那时转播球赛的是中央二套，但我们那儿信号很不好，我和他只好一个人在外面转竹竿，边转边问里面，清楚了吗？清楚了吗？他就在里面回答说，听到声音了，听到声音了。后来一会儿又没有信号了，只好出去再转。吱呀吱呀的，就这样，因为足球，我和他度过了多少不眠的乡村之夜。

乡村的夜晚静悄悄的。我相信地球上有很多电视在睁大眼睛，而我们的电视则沙沙沙地在下雪，我们看不清面貌的运动员在"雪花"中踢来踢去。好在进球之后的欢呼声是清晰的，我和他就拼命地猜着是怎么进球的。但谁也说不服谁，还是看两天之后的报纸吧。

我们这儿的报纸总比正常报纸迟两天到，如果遇到雨雪与大雾天气，报纸会到得更晚。有一次，我们看报纸才知道，我们争论得最厉害的一只进球居然是乌龙球。所以他总是对着信号不好的电视机说，我真想把它砸了。可他最终也没有砸掉。有一年世界杯，我和我的球友都红着眼睛去上课，老校长见了警告我们说，你们是不是晚上不睡觉？我们打着呵欠说，每天的老鼠吵得我们睡不了觉。

老校长不说话了，校园里老鼠也是很多的。每天晚上，成群结队的老鼠会迅速占据我们的校园，它们跟我们喜爱足球不一样，它们喜欢收集碎纸。

已不止有一个学生家长向校长反映，孩子们的鞋子像狗啃似的，只穿了一半就把鞋穿坏了，我估计为此学生们被打的不在少数。好在夏天到了，我们就光着脚丫踢球。苦楝树丛外是东围墙，东围墙外是一条大河。我和我的球友一般不敢使多大劲，踢得小心翼翼的。

足球还在草丛中滚动，我们开始教学生一些战术球：怎么人球分过，怎么争头球，怎么踢角球，怎么踢香蕉球，外旋还是内旋。学生们还知道了贝利、马拉多纳、巴斯藤、普拉蒂尼等一些名字。一个假小子的女生还在我们这个足球队踢过一阵子，后来她因故辍学了，再也没有见过她，不知她有没有怀念过足球。

我们还教会了学生们怎么倒挂金钩，怎么向后仰起，把脚抬起。学生们学得还挺快的，有点模样，不过那段时间孩子们的屁股倒跌得走路都有点变形了。

我们以为学生们劲不大，所以就没有警告他们，不要把球踢到苦楝树丛外的大河中去。但我们错了，这些野马的蹄子已变得很硬很硬的了。有一天，我们目睹了一个学生把球踢得比苦楝树高得很多，好久球才从天空中落下来。再有一天，一个学生就把球踢过了苦楝树丛的上方，飞过了东围墙，一会儿落到河面上去了。

我的这个学生还是蛮敏捷的，他攀上了一棵苦楝树，再跳上了围墙，不待我们反应过来，他就跳下去了，不一会儿一只湿漉漉的足球就飞过了围墙，飞到我们身边，然后就是他的黑头颅。

有了一次，就有了第二次、第三次。有一次，足球被踢到了水里，还被一个放鸭的老头当作鸭子拾到了鸭船里，不肯交出来。学生们和他争执起来，最后这个老头把足球交出来了，不过没有抛给我们，而是抛到了更远的河面。我们的学生也就扑向了水面，波涛把水面上的足球冲得一耸一耸的，学生们的头像足球一样向那只水中足球靠拢着。

乡下足球，水中足球，我梦中的足球，把青春和激情当成足球踢来踢去的足球。

谁能想到，我的那位球友就真的考上研究生了。我的心又一下落空了许多，像一只足球在球场上滚啊滚的，竟然被踢破了内胆，泄了气，好一阵子没有缓过神来。我和我的学生们后来还踢过足球，但好景不长，他们都毕业了。之后学校又推广排球，之后我的足球就没有吃饱过。

有一天我实在寂寞，一股热流在我身体里冲来冲去，找不到门——我又一次去踢足球，而且踢的是倒挂金钩。足球打在苦楝树的树桩上，内胆真的就破了。球老了，像一个瘪下去的句号。

我看了看苦楝树，苦楝树好像密了许多，一些小苦楝树也争着长了起来，这些都是我们的足球无意踢落下来的种子啊。

我的微蓝时光

　　深秋时分，这世上最本分的农民们又黑着嘴唇在刚犁开的土堡中种麦，栽菜，而他们的子孙——我的乡村学校的学生们会赶上新学年的第一场期中考试。照例是分场考试，这样，我就摊上了每日下午的第二场监考，三点十分至四点十分，一个下午到傍晚的时光。我将目睹一群学生如何收获他们半个学期的耕耘。

　　试卷的困难是很多的，就像农民们面前的庄稼中总有除不完的草，草一棵一棵地长出来，农民们就一棵一棵地拔出来。学生们也必须在众多的题目中发现困难，然后把它们像拔草一样拔光。我看见众多的墨黑的头颅低下去，像一颗颗墨蝌蚪，多黑的头发啊。有时他们也会抬起头，我可以看到一双清澈的眼睛、迟疑的眼睛、胆怯的眼睛、喜悦的眼睛，或许还有……一双做贼心虚的眼睛。这类学生肯定是有的，就像懒惰的杜鹃鸟，它从不筑巢却总是占别人的巢孵雏一样。我会用目光迎接他们的目光，我们目光相接时没有声音，没有火花，但已经肯定有什么被改变了，我抬头看到他们都把头低下去了。

学生们答题时笔尖在纸上游动的声音，有点像蚯蚓在掘土的声音，细细的，又是生动的。蚯蚓们在掘土，而我作为幸福的倾听者，倾听蚯蚓们掘土两个半小时，我紧张已久的心田好像也一寸一寸地被挖松了。我记起在小学一年级面对第一场考试时我的双手颤抖不停，是我的老师把手抚摸我的头发使我安静下来。我觉得时光也在用一只大手抚摸我的头——我整日忙个不停，为孩子，为自己。而这个下午的两个小时恰似一道长长的破折号使我叙述的口气巧巧地改变了。一条小溪在山石间转为弯，激起的水泠声会浇灌一个渐渐失聪的灵魂吗？

学生们依旧在低头掘土。我看到了黑板上有学生写了一行莫名其妙的字，叫作"三十分钟的老家伙"。"三十分钟"与"老家伙"是两种笔迹，但合起来，就像是说我。说我？我是三十分钟的老家伙？想想还是有道理的，一分钟一岁，我正好三十分钟，一小时一个人生，我不就是一个老家伙了吗？而这些在纸上掘土的"蚯蚓们"，正是二十分钟的小家伙啊，我在心里轻轻地喊道，年轻的蚯蚓们，使劲地掘土吧。我也必须在这渐渐板结的生活中掘土，以便我能播种，收获，直至丰收。但如果歉收，或者颗粒无收……我抬眼看去，窗外的天空碧蓝碧蓝的，几乎没有什么云朵在怀念我们。"天空中一无所有／而鸟群已经飞过"，泰戈尔这么说了，可我还是看见了十一月的鸟在天空中留下了片片擦痕，而这些擦痕在我的眼睛里久久拂拭不去。

就是教室的光线渐渐暗下去的时候，教室里的日光灯亮了，我觉得有一个人也在我心中拉开我心中的灯绳。灯亮了，灯光在晃来晃去。教室的日光灯是节能型的，这是我们学校一位早年毕业于一所航空学院的老师研制的。在节能灯下他熬白了头发，灯光下的白发光芒四射。底层生活中有许多深藏不露的人，至于他是如何落到这所乡村学校的，他闭口不言。他整天乐呵呵的，喜欢读毛主席的书，喜欢听歌颂毛主席的歌。多有意思的人，像灯一样的人。我和我的学生们就在这灯的照耀下继续掘土。我记起了与灯有关的文章，冰心的《小橘灯》，柯罗连科的《灯光》，巴金的《灯》。

> 跳橘子舞吧，让更热烈的景物
> 从你的身心投射出，让橘子射出
> 在故乡的暮色中的成熟的光芒

我吟诵着里尔克的诗句，天渐渐黑了，秋天的夕光微红，而日光灯的荧光与这秋天的夕光竟辉映出一种蓝光。这蓝光不是碧蓝，也不是瓦蓝，而是一种嫩蓝的光，像蓝被溶化或者蓝刚刚生长出来。我注视着这奇妙的蓝光，我想起了极光，想起了达里奥的《蓝》以及《蓝鸟》。肯定有一只蓝鸟在我们中间飞翔，鸣叫，而我们却不知晓。但这蓝色的光是在秋天的黄昏中才能孕育起来的。我惊讶地看着这蓝色把学生们滋润，也把他们面前的试卷浸蓝，我们仿佛是生活在最初的大海中。那个时刻，我觉得整个世界都被这蓝眩晕了！

这蓝的呈现只是一瞬间，只有在此时，我才觉得我也微蓝起来，像一朵蓝色的昙花一样绽放，瞬开瞬息，瞬生瞬死。在黑暗中被焰火照亮的事物已经与过去有了某种不同了，所以我把这蓝叫作我的微蓝，把这段时光叫作我的微蓝时光。我觉得这是这寂静的乡村生活给我的最高奖赏。夕光慢慢地消失了，暮色之鸟的大翅一下把我覆盖。蓝消失了，像我美丽的幻想一样已经造访过我们了。我看见我的学生的头发似乎更黑了，仿佛被有苹果味的洗发香波刚刚洗过的样子。我幸福地嗅着，我的眼睛中不是一群学生在低头考试，而是一群苹果们在这初夜的枝头上静静地释放芬芳。最蓝的一只蓝苹果浮在半空中，成了熠熠发光的蓝星——哦，我所爱的人，我所爱的心，我的蓝地球，我的微蓝时光啊！

穿着雨靴进城

　　一个人的性格与穿着在一定程度上是有关系的，比如我们校长曾经到村里的裁缝店做过一套西装，瘦瘦的校长穿起来就不伦不类，反倒是他穿上蓝咔叽的中山装好看些。不过他要是到乡里开会，或到城里办事，还是会穿上他的宝贝西装，还会穿上他的老皮鞋（怕有很多年了，有一只已经歪斜了），看得出穿上西装的他感觉并不好，可是他说有什么办法呢，上次进城，人家都以为他是个老古董，还是穿西装好些，穿西装的话，人家的目光就少了，走路就轻松些，城里人就喜欢穿西装。

　　穿西装也就穿西装吧，可是一到下雨天，穿着西装的他偏偏又蹬上了一双中帮雨靴，这就更加不伦不类了，怎么看怎么别扭。但乡下土路一下雨就泥泞不堪，一走路就是一脚的烂泥，想甩都甩不掉，真是固执的坏脾气。如果还想"甩"的话（校长评语说的是想要派头的话），皮鞋一会儿就变成了小泥船，所以雨靴反而适合于土路。看来校长穿雨靴还是穿得理直气壮的，既然穿得理直气壮，别人怎么看也就无所谓了。他心安理得地穿得后摆有点吊的西装，蹬着粘着烂泥的雨靴到乡里或进城办事。回来时他乐呵呵的，他似乎没少了什么，实际上雨靴上已少了许多烂泥，而原先黑色的泥渍变了白色的泥斑，像踩了一脚的雪。

本来我早已不用雨靴了，过去在没上师范前下雨赤脚；上师范时下雨也无所谓，到处都是水泥路。可是到我们学校也就行不通了，估计烂泥见皮鞋见得不多，反而亲昵得太过分了，开始我还"甩"，下雨穿皮鞋，后来再也不行了，我心疼。所以，我托穿雨靴的校长到乡供销社买回了一双雨靴。

新雨靴锃亮锃亮的，亮得能照见人的脸，雨珠滴在上面一会儿就滚走了。我走路时觉得有人在看我的脚。不过雨靴老得很快，不出几个雨天，雨靴就老得和校长脚上的雨靴差不多了。似乎只有老了的雨靴才更和泥土亲近些，老了的雨靴更协调些。

每年开学前，我们学校里的老师都要乘船到城里，主要是到新华书店去一趟（船是村里派的水泥挂桨船）。我们在城里往船上搬书，搬完书然后一起去一家馄饨店吃馄饨（校长说这是城里最好吃的馄饨），吃馄饨时还可以在碗里多擂一些辣椒，那个香啊，那个辣啊，吃得鼻子上都冒汗。吃完了我们一身轻松，校长还脱掉了西装，露出两种不同颜色毛线织的毛衣，然后我们一起再乘挂桨船回去。有一次开学前去城里，正好早晨下雨，我们都穿了雨靴，然后又一起穿着雨靴上了挂桨船，上了挂桨船校长还指挥我们在船帮上把雨靴上的泥洗掉，用校长的话说，要让城里人认为我们穿的是马靴，而不是雨靴（亏他想得出来）。到了城里，太阳升上来了，城里的水泥路不像乡下的泥路，乡下泥路要晒两个晴天才能晒干，而城里的水泥路只要一个钟头就干了。

穿着雨靴的我们几个好像是"德国鬼子进城"（雨靴底在水泥路上总是要沉闷地发牢骚），天不热，我身上全是虚汗，到了新华书店，上楼梯时营业员都吃吃地发笑。如果这还不算尴尬的话，我在回船的路上，居然遇到了我城里的同学，同学笑眯眯的，目光却朝下，他看到了我的雨靴，我们的雨靴。后来好不容易同学走了，我觉得满街上的人都在看我。我躲到校长他们中间走，他们的走路声居然那么响，都有点步调一致了，我都感到全城人的目光在喊口令了："一二一，一二一，一二一……"可校长和其他同事并没意识到这些，他旁若无人"一二一"地走着，他要带我们一起去吃馄饨。

　　回去的路上，校长首先把那双在水泥马路上叫了一天的雨靴脱下来，然后就躺到了我们刚从新华书店买回来的书捆上，我们也相继把雨靴脱下来。河上的风吹过来，吹得我们双脚那么舒坦，校长一会儿就在新书捆上睡着了。挂桨船的节奏好像在催眠，他还发出了呼噜声，而他的旧雨靴，一前一后地站着，像哨兵一样守卫着他的梦乡。

今天食堂炒粉丝

乡下孩子懂事早，星期天放假，孩子们回家不仅要做作业，还要帮助大人做事情（所以有的学生在作文中表达了不情愿放假的愿望）。星期天下午，如果你看到通向我们学校的路上有一个孩子扛着小半袋米在逆风行走，那多半是我的学生，他们必须自己把这一星期的代伙口粮交到学校食堂去。

我们学校食堂其实不能叫作食堂，只能叫作伙房，它像一个守卫人守在校园的东北角，校长还请瓦匠支了三间灶，分口锅、中锅和里锅：口锅是尺二的，用于炒菜；中锅是尺三的，用于烧饭；里锅是尺四的，用于烧汤。如果代伙的学生多一些，里锅就用于烧饭，中锅就用于烧汤。值日的"伙头军"就是第三节第四节没有课的老师。有个不成文的规定，谁没有课，谁就必须到食堂去，烧火的烧火（反正学校有座大草垛，这是学校用学校厕所里的粪跟村民换的），烧菜的烧菜（很多蔬菜是自己种的，红的扁豆，青的连根菜，长的丝瓜，短的茄子）。说起烧菜，烧得最好吃的倒不是校长了，而是黑脸的总务主任，他最拿手的菜是葱炒粉丝

（食堂有一蛇皮袋山芋粉），泡好的粉丝，然后摞上香油，到门口掐点女儿葱，一爆，然后再放入粉丝，木柄铜铲就这么来回地翻，无数根粉丝就这么扭动着……葱香会在校园里传得很远，这也是我最不喜欢上第四节课的原因。如果第四节课是校长烧菜还好，如果轮到了黑脸总务主任主厨，那我的课堂秩序肯定是不好了，因为早已有鼻子尖的学生在悄悄地说："今天食堂炒粉丝了！"不一会儿，全班的学生都知道了，"今天食堂炒粉丝了！"这会弄得我控制不住课堂秩序了……木柄铜铲也在我的头脑里来回地翻滚着。说来也怪，学了多少次，我炒的粉丝怎么也炒不出黑脸总务主任的水平。

在学校代伙的学生并不多，一般是五六个：一类是家离学校的确很远的（多半家住在几十棵树和一两座房屋构成的独家村上）；一类是父母都在外面搞运输生意。代伙学生们一般只和我们一起吃中饭，我们像一个大家庭坐在一起吃饭，一起踮起脚尖扯那长长的长长的炒粉丝——有时筷子夹不住，用筷子搅一搅然后一拽……

饭不限量，还可以吃留在铁锅底上的焦锅巴，不过这需校长出门开会。我们用木柄铜铲在铁锅中铲锅巴，如果校长在家就会心疼，锅要铲通了！锅要铲通了！他这么唠叨我们反而不好意思铲锅巴。不过有一次他自己却独享了锅巴——因为下午漫长的时光里，有许多蚂蚁来到了饭锅里做搬运工。校长是在灶后烧了一个草把子，蚂蚁们全成了饭锅中的标点，然后校长一口一口地吞下了，他还美其名曰："这有什么的，宁吃蚂蚁一千，不吃苍蝇一个。"

到了晚上，没有了代伙的学生，还有几个老师回了家，我们几个就吃得很随意了。尽管有蔬菜，山芋粉丝还有大半口袋，可谁也没有积极性炒上一盆，好像这炒粉丝真是炒给学生们闻，炒给学生们吃的。有时候，校长兴致好的时候，他就提出大家"拼伙碰头"，我们的食堂就会一下子热闹起来：灶里的火苗红彤彤的，屋顶上的炊烟笔直笔直的，里锅里的鸡烧芋头，中锅里的青菜抓肉圆，还有口锅里的葱花已散出了香味（炒粉丝肯定要的）。香味在空荡荡的校园里弥漫开来，我听见了很多狗叫的声音，肯定有很多鼻子很尖的狗在黑暗中咽着口水："不要再炒粉丝了，不要再炒粉丝了，再炒我们就要打喷嚏了——"

在声声狗吠中，我们已把菜盛好了（用学生们寄存在食堂里的不同形状的搪瓷盆子），酒也倒好了（村酒厂里自做的大麦烧），满满的一桌。如果停电，校长还会点上滋滋滋直叫的汽油灯，我也不停地咽着口水，我已忘掉所有在乡村生活中积累下来的忧郁，准备和我的那些正眯着眼睛喝酒的同事一起，共赴世界上最幸福的晚宴了。

长在树上的名字

教室后的小操场上五排水杉是我教的上一届学生栽的。现在我已经又接了一届，不同的学生有不同的脾气，其中影响力强的学生还会带来不同的班风。比如班上有两个好打架的，那班上其他同学也好打架，下课动不动就抱在一起在地上滚个不停，待上课铃响了，两个人又站起来，掸掸灰，往往还没掸干净就坐到教室里，其实他们脸上的灰尘早就把他们打架的事出卖给我啦。

水杉们仍站在那儿，像一群站着整齐队伍等待老师喊解散的学生。老师不叫解散，他们就这么认认真真地站着，站得笔直，站得英俊。我每次从水杉林走过去还忍不住回过头来看他们，他们长得多快啊，这么高了，我能认出哪一棵是谁栽的。

水杉的叶子是对称着生长的，像一对对翅膀似的。风一吹，那些绿翅膀就颤抖个不停。学生们知道我喜欢在教室里看水杉树，他们肯定以为有鸟或有鸟巢什么的，所以下了课也喜欢到水杉林里寻什么，我看着他们仰头寻找，太阳光把他们刺激得直打喷嚏，一个接着一个，停也停不下来。

我在课堂上对学生们说，水杉像什么。

有的学生说，水杉像翡翠宝塔。

有的学生说，水杉像一支绿羽毛笔。

有的学生说，水杉像一个个站岗的解放军——这么一说还真有点像呢，穿绿军装的解放军笔直为我们站岗。

有的学生说，水杉像一束束火把——秋天的水杉叶由绿变红，真像束束火把呢。

学生们说到最后，反过来问我，先生你说说看，水杉像什么。

我笑了，其实水杉最像水杉，他们遵守纪律，学生也很认真，所以他们长得快，长得高。我没有说这些，而是又反过来问了个问题，水杉可以长多高？

一个学生说，水杉可以长得比泡桐树高。

有的学生说长得比山高。有个小个子的女生说，他们可以长到天上去。

我正为他们的想象和抒情而高兴，就让他们写下来，可一位男生瓮声瓮气地悄悄告诉我，先生，你知道不知道水杉树上有先生的名字？

我当时就愣住了，这个我没有发觉过。我抬头时学生们都看着我，我估计学生们都听到了，我怎么没发现呢？学生们肯定都看见了。我好不容易等到放学，去了小操场的水杉林，找了很多树，终于在一棵水杉树干上看到了我的名字。

我的名字是用铅笔刀刻的，已经长得比我高了，还结了疤，疤迹向外凸，看样子不是我们这一届学生刻写的。我想了想当年那一届学生们的笔迹，都像，都不像，有些搞不清了。不过我可以想象得出，那个刻写我名字的学生，他低着头（额头上说不定还有一处课间打架留下的泥灰），抿住嘴唇，心里在笑，但他肯定尽力控制着，坚决不让自己在我的办公桌前笑出来。

寂寞的鸡蛋熟了

在乡村教学，于我，要紧的是乡村那排不尽的寂寞，尤其是乡村学校夜晚的寂寞。每当大忙季节，很多民办教师都要赶回去农忙。留守的我们晚上听着鹧鸪的叫声，心里便有一阵没一阵地疼起来。老教师见到郁郁的我们，很是担心，便教了我们一个法子，我们过去比现在的你们苦多了，不过我们有我们的办法。我们一边用钢板为学生刻讲义一边在罩子灯上吊个铝盒煮鸡蛋。讲义刻好了，鸡蛋也煮好了。他们教我们可以跟农民买一些鸡蛋回来，过去的蛋可便宜啊，鸡蛋一分钱一只。

好在乡下经常停电，我们人人都有一盏擦得锃亮的罩子灯。鸡蛋也不比过去贵多少，一只一毛钱左右。也用一只铝盒吊在罩子灯上，我也开始在罩子灯下为学生们刻讲义了。我从装蜡纸的卷桶中抽出一张蜡纸，然后在钢板上铺平，用铁笔在上面刻写（如果铁笔坏了还可以用废圆珠笔芯写，不过字要粗些）。吱吱吱，吱吱吱，蜡纸上的蜡被铁笔犁得卷了起来。吱吱吱，又一层蜡纸被我的笔犁得卷了起来。一排刻好了，然后把蜡纸从钢板上剥下来，再往上移，还可以透过罩子灯的灯光看一看自己的字写得如何……吱，吱，吱，又新鲜又痛快。往往是一张蜡纸刻满了，铝盒里的鸡蛋也差不多煮好了。当我刻完蜡纸，剥着鸡蛋（鸡蛋很烫，需两只手来回地翻滚），我心中蛰伏已久的青蛙就呱呱呱地大叫起来。我不知道我刻写了多少蜡纸，用了多少张钢板（正面反面都用过）。我牢牢记住了蜡纸的品牌叫"风筝牌"，铁笔，钢板的品牌叫"火炬牌"。风筝与火炬，正是我寂寞的心所需要的。

我开始刻写蜡纸的字并不好看，用校长的话说，像一阵风吹倒的。他还指导了我如何利用钢板的纹路刻写讲义。刻好讲义后还有一项烦琐的工序，那就是印试卷。我们学校没有专职的油印工，黑脸总务主任有时兼任，但我们不能总是麻烦总务主任。于是我们又学会了如何用火油调和墨油，上蜡纸，握住油墨滚筒，还有裁纸，分订讲义。一个学期下来，我整理了一下我发下去的讲义，竟有了厚厚的一叠。

冬天来了，我去县城人武部商店买了一件黄色的军大衣。我就裹着黄军大衣刻蜡纸，天很冷，罩子灯上的鸡蛋熟了，我把它握在手中，揩着鼻子上的清水鼻涕，继续刻写着讲义，我觉得生命中有一种东西正在被我犁开。"姓名——""学号——""得分——"，我必须先刻写下这些，然后再开始写下第一项内容。刻完之后，原先厚重的蜡纸被我刻得轻盈了，在灯光下多了一种透明，我知道，我已和以前的老教师一样，把寂寞这张蜡纸刻成了一张试卷。

鬼故事

那时我个子小，又瘦，毛重还不足九十斤，所以看上去并不比学生们大多少。不过学生们还是喜欢我的，我也很认真，那种认真劲被老先生们看到后，他们总是说我死心眼。我想，死心眼就死心眼吧，只要能把学生教好。

有个叫小顺子的学生蛮喜欢听收音机里的评书，因为他记忆力好，口才又不错，故事讲得不错，所以他在班上很有号召力，身边也有很多"跟屁虫"。他还真把自己当作"领导"了，居然让一个跟屁虫替他抄作业。这事很快就让我发现了，我找来了小顺子，批评了他，还让他写检查。

我一点也没有料到这个小顺子"报复心"蛮强的。有一天夜里我们这儿停电，煤油灯里的煤油又没有了，看书看不成了，我只好上床睡觉，还没有睡着呢，忽然就听见有人在外面捏着嗓子说话，怪声怪气的。

我侧耳仔细听了，原来那个捏着嗓子的人在讲故事，讲什么无头鬼讲什么死人的头，还说这死人的头就摆在什么地方。开始我还没觉得，后来听着听着背脊上就有些冷了。这还不算呢，外面的人大概觉得我没什么动静，就又用力敲了敲我的窗户，还大喊了一声："鬼来了……"然后就是一阵狂奔的脚步声，我知道肯定是一群调皮鬼干的。第二天晚上，又有一种奇怪的声音在困扰我，我没有理他们，什么鬼故事，不过是吓吓人罢了。

谁能想到村里就有了传言，说小先生的门口每天晚上都有一个"无头鬼"在敲门，甚至还有人可以佐证。

我开始一点也没有在意，但后来校长也听说了，不过他没有轻信。后果还是有了，那就是每天早晨其他班教室门都开了，就我们班教室门没有人开，学生们聚在门口。我问管钥匙的女生，女生支支吾吾地说想不起来。后来几天都是如此，问及原因，班长说是鬼的故事。班长也很怕的——我看到了他说鬼时惊恐的眼神。我不怕鬼，我无法说服我的班长这世上是没有鬼的。

我们班上开门依旧很迟，连校长在会上都批评过几次。我有点着急了，而村里关于鬼的故事更多了。我真是没了主意。有一天我在讲课时瞥见了小顺子的眼神，我看到那眼神里的狡黠和得意，我一下子知道了鬼故事的答案。

我下了课，什么也不解释，只是说，小顺子，今晚请你不要回家，待在这教室里过一夜。

他头一昂，凭什么？

我说，你自己心里有数。

他就软了下去，伏在桌上不说话。待其他学生走了之后，他还待在教室里不交代。再过了一会儿，我终于听见了他瓮声瓮气的哭泣声。他终于交代了他们做的一切。这个家伙，居然吓住了一个村庄。

我让那个小顺子把检查书放大，贴到教室墙上，自己保管三天，只要不见了，不管什么原因，立即补上去。小顺子还是挺服气的，那三天，小顺子是全班最谦卑的学生，对每个学生都客气，包括对过去他不屑一顾的女生们。

两只搪瓷脸盆

小许先生是我们学校唯一的女先生，她已经不小了，别人都叫她小许。她是县城下来的知青，后来就留在了村里，她的丈夫是村里的村干部。在我们学校，小许先生却没有一点干部娘子的架子。

小许先生没有干部娘子的架子，但她却留存了城里人的习气，比如她的口袋里都会有两只手帕，一只手帕给自己用，一只手帕给学生擦鼻涕。孩子们都说小许先生的手帕有一种说不出的好闻的香味。

小许先生脾气好，从没见她发过火。她也是孩子们所服的教师，怎么这么软绵绵的先生也让孩子们服她？想想也怪。有两个老先生拿她开玩笑，他们打赌说小许先生的两只手帕肯定是一只在左口袋里，一只在右口袋里。打赌的结果他们错了，两只手帕是放在一只口袋里的。

这还不是小许先生最出名的事，如果你问村里一个女孩，她会说出小许先生的许多别致的故事来。小许先生最出名的是她洗衣服的两只搪瓷脸盆。乡亲们在村里码头洗衣服时都用一只木桶，可小许先生喜欢用搪瓷脸盆，花花绿绿的搪瓷脸盆。一只搪瓷脸盆里游着好几只虾子，像是齐白石的画。另一只搪瓷脸盆里是几朵粉红的牡丹花，总是怒放着。小许先生出名并不是她用搪瓷脸盆，而是她用两只搪瓷脸盆——一只盛，一只盖。听说是挡灰用的——这就是小许先生的不同处了，乡亲们都说，有灰，大清早的，哪来的灰。

每天清晨，我们到码头上担水，就可以看到小许先生的两只搪瓷脸盆，一只汰好的，一只没有汰好——村里许多新媳妇也开始用搪瓷脸盆了，只不过比小许先生的新些。小许先生的搪瓷脸盆上已有几只小眼睛似的掉瓷处了，她都能说出这是什么时候掉的，那是什么时候掉的，真是有年头了。不过小许先生说到最后还是拍了拍她的搪瓷脸盆，这可是上海的搪瓷脸盆呢，第一百货公司的。

小许先生每年暑假都回县城住上一段时间，到了开学才回来上课，脸就变得更白，更不显老了。有一次开教师会，有个老先生问小许先生想不想回城。小许先生说，怎么不想，不过也无所谓了。

小许先生还是我们学校里唯一的乡人大代表，大概因为她是客籍，又有文化。每次开会前，我们校长都希望她把学校的情况说一说，她说，每次都说。

我们都相信小许先生每次说的，不过她声音很轻。她声音一轻，上课违反纪律的学生就少，也许有人一说话，小许先生的声音就听不见了，反而激起了众怒。这一点比那些老先生好多了，经常可以听到老先生在教室里吼，大声地吼，像雷在炸，这雷一炸，反而衬出了小许先生的安静。

有一点很奇怪，小许先生是县城里的，可她上课用的是我们当地话，她为什么不说城里的话呢？

有一次我见到她的儿子，她的儿子却操着一口县城话，一点也没有我们本地话的味道。这更奇怪了。

想想也没有什么奇怪的，是不是？

我的黑泥鳅们

"过年过年，花生和钱；不要不要，朝裤兜里一倒。"这是孩子们渴望的寒假中的最高潮：过年。

一年的快乐能与过年相比的只有暑假了，寒假能让一个孩子变成"花白果"样，而暑假则能把那些目光清澈、彬彬有礼的学生们变成一群黑泥鳅。

那个暑假开始我一直没有见到我的学生，一旦见到就见到我们班的班长，那是暑假后一个月的事了。我们班的班长是我选定的，他不太像我原先在城里实习的那个班的班长，这是一个比较老实本分成绩又好的学生。他在我们学校，能算得上楷模：他完成了我所要求的班长的职责，课间操时他还负责领操，负责升国旗收旗。有一次下雨，他在雨中收国旗，升国旗的绳子可能由于下雨淋湿卡住了收不下来，我的小班长依然仰着头收国旗，雨水把他淋得很湿，他仿佛是一个雨中引雷电的富兰克林。

就是这样一个小班长，我在暑假里见到他时，他正和一群孩子从一棵斜生在河面上的杨树上往下跳，而他身上一根布纱也没有，真是一个活脱脱的小泥鳅。我本想站在那儿悄悄看他游一会儿，后来，可能他看见了我，他就扎猛子下潜。我只好笑着走开了，我怎么也不能把我的班长和这个光屁股的小泥鳅联系在一起。

更有意思的是我们班的小个子，他排队总是排在最前面，课桌也在最前面，然而我在暑假里再遇见他时，他已经蹿得很高了，仿佛换了一个人似的，如果说过去他是一只胆怯的小兔子的话，那他现在就是一只害羞的小羚羊。我还遇见了我们班其他的孩子，那个调皮大王正和他的铁匠父亲在一起打铁，他居然抡大锤，与他父亲手中的小锤一起敲着，叮叮当当的，敲得一丝不苟，敲得聚精会神。

我还遇见了一个偷瓜的孩子，那也是我们班的学生。好在种瓜的说，"你看你老子是怎么教育你的"。在他还没有说出"你们先生在学校里是怎么教育你的"这句话时我赶紧逃走了。

最有意思的是，我在乡里集市上还遇见了几个卖螃蟹的黑少年，螃蟹是用芦草扎的，一串一串的，分明是他们从螃蟹洞里掏出来的——不知他们有没有从类似蟹洞的蛇洞里掏出蛇来。这些胆大的少年一见到我，个个像黑猫一样溜走了，有一只螃蟹没有带走，他们为什么不把这只螃蟹扎到蟹串上去呢？我又不好问什么，那螃蟹在面前吐着不服气的泡沫。

多有意思，暑假仿佛是另一扇大门，我的学生进了这一扇大门后就换了一身羽毛，他飞翔的姿势、叫的声音都不同了。暑假这个魔术师把我上学期刚刚在教室里"捂白"的学生又变成了黑泥鳅样的孩子，他们似乎全身都是泥水，而要洗去他们身上的泥水，就必须在第一堂课就给他们套上笼头，用他们家长的话来说，"先生，请你多把他一点"。这个"多把他一点"就是"严一点"的意思，必须让他们收收心了，用知识的河水洗去他们身上的泥水了。

所以在第一天上课我就有意把两节课连上，第一节课黑泥鳅们还可以，到了第二节课时间，很多孩子的屁股就坐不住了，仿佛凳子上有针戳他们似的。我没有松懈，为了收拢他们的心，我又让他们静下来写《新学期的打算》。

这些孩子还议论了一会儿，看到我不苟言笑的样子，他们只好把头低下去，然后就奋笔疾书。我的班长一口气写了十个打算，其中有一个打算竟然是"我保证不再不文明"。

我开始还看不懂，后来终于想起了他光屁股在杨树上往下跳的样子，那激起的水花又一次在我的心中清晰地响了起来，涟漪越来越大，扑向河岸……

哦，我的黑泥鳅们！

空心字

　　翟先生的字很好看，他的毛笔字在我们那里很有名，所以翟先生常常很忙，因为村里总有事情找他帮忙做，如在墙上用竹帚刷上石灰水字，在墙上贴上红红绿绿的标语。除此之外，还有其他的许多用场，如果我们从村子里走一走，就可以从村里发现翟先生许多的字，比如，各家门框上残缺了褪了色的对联，比如号在农具身上柄上的，甚至还有小孩衣帽上绣的名字（肯定是人家请翟先生起的学名）。真可谓翟字（另一个老先生用土语称为贼子）无数，捉都捉不完。

　　翟先生还会写空心字，这空心字主要是写在大黑板上的，大黑板是要抬了架在大门口让所有人看的，代表了学校的面子，所以这份工作要比翟先生的课更重要。通知（校长室里带干电池手摇柄的电话机）来了，明天有人来。翟先生早晨就会起个大早，蹲着马步开始写：先用湿了的毛巾写好字，黑板上立即出现了一个字，然后翟先生就用彩色粉笔环绕这湿字描边，然后再修饰，一个个空心字就这么出现了——欢、迎、上、级、领、导、来、我、校、莅、临、指、导！

翟先生写字的时候，学生们会围在一边看，像一群蜜蜂。翟先生有点不耐烦，手一挥，"蜜蜂们"就嗡地一下散开。不一会儿，又围拢过来了。翟先生没办法，只好叹口气再写，学生们还一个字一个字地读。很多学生不认识"莅"，读成"位"，翟先生就会反过来问，这是"位"吗，这是"莅"字。读"位"的学生心虚了，立即散了去。

翟先生的空心字就这么被那些"小徒弟"学了过去，不过学生们的字本身不好看，所以写好了，再描成空心字，就非常难看。翟先生见了，往往会忍不住去教。这就中了那些"小徒弟"的计了，他们正想学翟先生的字呢——用他们老子的话说，你们能抵得上翟先生的一根脚趾就好了！

我们校长给我们开教师会，一般是在学生们放了学之后开，然后找一个教室。这时候，翟先生的任务就来了，他要在校长坐的讲台后面的黑板上写上几个空心字。开会了，校长清了清嗓子，又清了清嗓子，我们像学生一样坐在课桌后。这时我们会看见一些学生刻在课桌上面的字，这些字也是空心字呢，再抬头看校长身后翟先生写的空心字，还真有几份像呢，这些可真是贼（翟）子贼（翟）孙。

翟先生有时候会抱来一大堆没用的废试卷，然后就在办公室里写字。不过墨汁太臭了，很多先生都叫起来。翟先生就说，墨怎么会臭，墨汁香啊，说完他还抒情似的呼吸了一下，一副陶醉的样子。我倒不太注意这些，有时还凑过去看，还指点指点。翟先生有一次就送了我一幅字，上面写着："锲而不舍，金石可镂。"不是写在宣纸上的，而是写在一张白光纸上的。我一看落款，上面写着"正月"，正月是他的笔名呢。

我把这幅字贴在墙上，由于墙上返潮，没几天纸就发黄了，后来就烂掉了。不过翟先生的话我一直记住的，我在许多学生的毕业留言簿上都写了这个八个字：锲而不舍，金石可镂。再一看，也有翟先生的贼字样。

现在很少有人请他写字了。学校大黑板上的字样还是翟先生的字，不是粉笔写的，而是用宣传漆写的。如果有需要，就抬出来放到校门口，学生们一进校门，就会看见翟先生的空心字。

晚饭花的奇迹

　　乡村学校里有一个神奇的五分钟，这神奇的五分钟里有三百秒，而三百秒正像三百支乡村箭矢，它们和我的愿望一起直射夏日黄昏的天空。

　　这是晚饭花欲开的时刻，接近下午五点钟的五分钟，热浪一阵阵消退，我全身汗渍地坐在我的小屋里读书。"头脑空旷得就像八月的学校"，是的，我现在头脑空旷得就像此时的乡村学校，到处是疯长的草，这些草要在学生们离开校园的暑假两个月里，完成它们短短的一生。

　　晚饭花是一位生病的老教师种的，此时他正在外地治病，而由他亲手种下的晚饭花开得到处都是。本来是两种，一是黄色，一是红色，但开着开着，就出现了奇迹，有些晚饭花一半是红瓣，一半是黄瓣；有些晚饭花瓣四分之三是红色，而只有四分之一是黄色，或者相反；有些晚饭花一枝上是黄色，另一枝上却是红色……我们这里靠着写《晚饭花》的汪曾祺的家乡高邮，不知汪先生有没有看过这样的奇迹：在临近黄昏的五分钟里，一万朵晚饭花将昂首怒放，一万种歌声在怀念那位老教师，三百支乡村箭矢准备向天空齐发！

校园里的钟声沉默着，七月里它沉默了一个月，到九月它还必须沉默一个月。曾经那个勤奋的钟声啊，为什么沉默如此长久？还有那布满灰尘的桌椅，墙壁上一两句学生写下的稚嫩的粉笔字，还有那位老教师写下的空心字：毕业典礼……所有的一切，都在等待那三百支乡村箭矢。

　　我赤脚散步，还是有一些足音，有些散漫，有些随和，没有人注意你，一个没有学生的教师，此时正如一个新入校的学生焦急地等待，我仿佛忆起了我的十八岁，我和我的十八岁走进了乡村学校……乡村的寂寞，寂寞中的坚持，我们热爱的书本与诗歌，停电的时候满鼻子的劣质烛油味儿……只一恍惚，环绕在学校各个角落里的晚饭花好像都不见了，或许你没有注意它们，它们在我们最软弱的时候齐约好了开花——像校园里的钟声一齐响了，现在我身体中的某些东西一下子冲出身体的教室，头也不回地走了，走到了草丛深处。我惊讶地看着那些红的黄的像小鸡嘴一样张开的晚饭花，它的清香不断地涌出，令我不由打了个寒噤。

　　你再瞧瞧，一所长满了晚饭花的乡村学校，一所朴素得如空中花园的乡村学校，我在这个学校度过了十五年的时光，从十八岁到三十三岁，我把一生最美妙的时光都献给了这所学校。我又一次想起了那位生病了的老师，在那神奇的五分钟中，三百支乡村箭矢全发——晚饭花全开了。我不能说起我，但我又必须说起我，说起仍在乡村学校坚守的老师们。因为梦想，所以生活；因为生活，所以坚忍；因为坚忍，所以期待；因为期待，所以开花；因为开花，所以凋谢。而这沉默的八月的乡村学校，又一次承纳了精神的香气和诗歌的关怀。这所将带着群花一起睡眠的乡村学校，多像是带着一群星星睡眠的夜空，我带着另一个我在空中梦想、生活和祝福——全是因为那神奇的五分钟，那神奇的五分钟中三百支乡村箭矢，我们刚刚疼痛，刚刚诞生，刚刚啼哭过，如今正面对着大地上的绿衣乡村微笑。

四华里水路，四华里的萤火虫河流。

回来的时候依旧是四华里的水路，四华里的萤火虫河流。

还有天上的星光！

老街好时光

老街的上午时光走得很快，就如那挑担子卖蔬菜的瘦老汉，他似乎不像是卖菜的，反而像一个来老街做挑担子比赛的。

喜欢买新鲜菜的主妇大声问他为什么走得这样快，他笑呵呵地说，哪里走得快，一点也不快嘛。

是的，一点也不快，再不快，每天五笼的酒酵馒头就卖光了。

瘦老汉每天卖完菜，必然要去买酒酵馒头。

每次五个，不多不少。

卖水果的胖子问他为什么买五个，而不买六个或者四个。

我两个，她三个。瘦老汉又一笑，还没回答为什么他只吃两个，就和他的五个馒头闪出了老街。这馒头可真是米酒酵的，那酒香，那面香，就像两个调皮的孩子，在人群中钻来钻去……

早市一过，老街就空了，剩下那个卖葱和芫荽的老太太。葱是青青白白的女儿葱，几根分一摊，一摊一块钱。芫荽是剪的芫荽枝叶，扎了起来，也是一把一块钱。

老太太说是她家院子里种的，可谁也不知道这老太太家的园子里有多少女儿葱，多少芫荽。反正每天都可以看到老太太、女儿葱和芫荽。

　　清清爽爽的老太太，青白的女儿葱，绿的芫荽。

　　等老太太、女儿葱和芫荽都不见的时候，太阳已到了中午。

　　女鞋匠已在吃午饭了，午饭在那个铝便当盒里，是上午带过来的吗？还是她男人送过来的？

　　谁也没有见过她的男人。

　　女鞋匠力气很大，锥子往那皮鞋底挖的时候，很轻易地就穿过去了。

　　午饭一过，女鞋匠不继续干活，而是倚在板壁上打瞌睡。

　　对面报亭边出现了一帮老头，他们每个人都有一只茶垢很重的茶杯，每个人都穿着一件白背心，裤兜里都是零币。

　　他们打牌，输赢不超过五块钱。

　　从他们的话说，这五块钱总会跑，今天在这个人的口袋里，明天就到那个人的口袋里了。

　　不远的树阴下是等待生意的安徽人，他们是用沥青修漏的，也席地而坐，打牌。

　　一张牌砸在另一张牌的腰上，老手表上的秒针微微一动。

　　那只有一只胳臂的女人出来卖玉米棒子时，已到了老街的黄昏。

　　女人带了一杆秤，但她从来不称重，由顾客自己称，自己算。

　　女人看着顾客挑玉米，称玉米，表情平静，仿佛玉米的买卖与她无关，有时候，她的目光又游离到老街深处。

　　快时光，慢时光，好时光，都在这条老街上。

那时候的书房

写下"那时候"——我心里一震，像一根被扯断的晾衣绳。

那时候的书房，是安了简易木门的书房，四平方米的小棚屋。

那时候，还有蟋蟀，三只蟋蟀。

我根本不知道那三只蟋蟀是什么时候搬进书房的。

那时候，我的小书房在乡下，书房外便是学校的泥土操场，过了一个暑假，操场上就长满了草。到了开学，学生最初几天的课程便是劳动课：拔草。

草被拔出了一堆又一堆，有的草扎得很牢，学生用带来的小铲锹要"围剿"很长时间才能"围剿"完。各班把草统一抱到校园的一角晒，晒干了正好送食堂当柴烧。

晒草的某一天中午，我捧着新发的教科书回到书房里去，突然被一阵浓烈的草香味打中，简直令我不能自持。

——草怎么可以这样香啊！

草香一直弥漫到晚上，我坐在我的书桌前，听到了几只蟋蟀的叫声，它们是在提醒我，为什么到现在才坐到书房里来。我不会跟它们说明那寂寞中的烦躁，默默估计，这几个小家伙肯定是在学校组织拔草时搬家搬到我这里来的。

那时候，我的小书房里堆放着各式各样的纸：以前的备课笔记、学生的试卷、练习簿、班级日记、花名册、报纸，还有我这么多年像燕子衔泥一样从外面邮购来的书，我不知道这几个小家伙躲在什么角落。每天我读完书，会用水壶给书房墙角的晚饭花浇水（这是春天时老教师给长得太密的小晚饭花间出来的苗），子夜的晚饭花的开放已到了高潮，这与校园的晚饭花有了呼应。

那时候的书房，晚饭花那么香，连蟋蟀们都开始打喷嚏了，它们一只又一只地叫，开始我还不知道有几只，我的耳朵里全是它们的歌声，像是重唱，又像是回声。后来我听清了是三只，三只蟋蟀在伴奏——这是秋天对我的奖赏！而我，则是这无词曲的主角。我想起我的童音颤颤的学生们，还有头发越来越白的老教师们……

在那个秋天，我在蟋蟀声的陪伴中读完了《我爱穆源》《三诗人书简》《钟的秘密心脏》《雪地上的音乐》等一些可爱的书。我的三个小家伙，也是我的三个知己，还陪着我读完了一本叫《寂静的春天》的书（是上一个冬天朋友买给我的）。再后来，秋天越来越深，天也越来越冷了，外面操场的蟋蟀已经不歌唱了，晚饭花也越开越小了，它的球形果实像串珠一样在秋风中滑溜溜地滑到草丛中，而我的三只蟋蟀还在歌唱。在此前的一段时候，我向朋友诉说了我在乡下的深深的苦闷。朋友回信说："里尔克有句诗叫，有何胜利可言，挺住意味一切……"我多想把这句话送给这三只蟋蟀，送给我身边的这些书本……

后来，我突然有了一个念头，假如我死后，我的书会不会散落各方——我那么年轻，居然那么伤感。我在乡下见过许多离开主人后面目全非又不被珍惜的书，这是多么没有办法的事。我想这个问题时弄得我泪流满面，我裹紧了那已掉了带五角星纽扣的黄大衣，那个晚上可真静啊，静得我内心一阵喧嚣又一阵喧嚣。我的三个蟋蟀朋友也感应似的哑了口，而外面的冷气一阵又一阵袭来。我向外一探，外面下雪了，这是那年的第一场雪呢，雪花很小，像我的小小的忧伤。

可现在，连忧伤也没有了——能说些什么呢？说命运，还是说昔日重来？还不如不说话，把晾衣绳上的衣服重新洗一遍吧。

那时候的书房，有喜悦，有奇迹，也有清水鼻涕。

那时候的书房，我的书比我还能耐寒。

一起"划桨"的书

我和我的书一起"划桨"的"码头"应该是一九八三年的素面朝天的扬州。在那样一个素面朝天的扬州,却有两个藏着宝贝的读书好港湾。

一个好地方是四望亭里的阅览室。就在这个四望亭里,我"谋划"到了一本好书之"桨",后来却丢失了这把"好桨"。

当时汶河路上的榆树很高大,西侧的四望亭还没有空,里面是一个阅览室,那里的书很多。只要学生证加两块钱押金就可以在四望亭里办一份阅览证,我就在那个四望亭看到了大学里不可能见到的《人啊人》,这是戴厚英写的。我当时借的时候就有一个决定,不还了。过了三天,我去四望亭,假装很可怜地向四望亭阅览室的老师傅做口头检讨,说书丢了。老人按照规定没收了我的两块钱押金。虽然少了两块钱,但我暗中兴奋(这书定价就一块三),但谁能想到,我去宿舍一炫耀,不出两天,《人啊人》真的就丢了,谁都说没有看见。这本我用小计谋得来的书就这样离开了我。至今我还记得里面的主人公,女主人公叫孙悦,男主人公叫何荆夫。因为太喜欢了,我三姐的孩子生下来,让我取名字,我就用了男主人公的名字。很多年后，汶河路上的榆树没有了，四望亭路也被开发出来了，我早就拥有了新版的《人啊人》。而那本有阅览室书线穿过的《人啊人》和四望亭里戴着老蓝布袖筒的老师傅就这样消失在记忆深处，我永远欠着他们一个道歉。

另一个好地方就是扬州国庆路上的新华书店。我们的大学是中学式的教育，我的专业又不是中文专业，对于读书，我还没有学会辨别，只知道热爱。当时很盲目，省下零花钱，疯狂地买书，只要是诗与散文的新书我都要想方设法地买下来，也因此买到了一些品质不良或者没有营养的书。但有一次，我买到了一本上海外语教育出版社出版的书《俄苏名家散文选》。这本书封面很朴素，上面仅有两株白桦树，封底上仅仅署"0.31元"。这本仅有七十九页的散文集一共收到八位作家十八篇散文——当时我们读多了类似杨朔的散文，类似刘白羽的散文——我一下子有点目眩。有屠格涅夫，有蒲宁，有普里什文，有契诃夫，有帕乌托夫斯基，有托尔斯泰，有柯罗连柯，还有《海燕》之外的高尔基。我过去的关于"起承转合"的散文写作方式一下子被冲垮了……

我至今还记得普里什文的《林中水滴》给予我的冲击，我似乎醉了氧。"去年，为了在伐木地点做一个标记，我们砍断了一棵小白桦树；几乎只有一根窄窄的树皮条还把树声和树根连在一起。今年我找到了这个地方，令人不胜惊讶的是：这棵砍断的小白桦还是碧绿碧绿的，显然是因为树皮条在向挂着的枝丫提供养分。"简单，直接，清爽，准确……读这本书的那几天，我晕乎乎的。我还不甘心，又找了一个本子把这本七十九页的书一个字一个字地抄了下来。柯罗连柯的《灯光》，屠格涅夫的《鸽子》，契诃夫的《河上》，蒲宁的《"希望号"》，高尔基的《早晨》，帕乌斯托夫斯基的《黄色的光》，等等。我一直把这本书当成我撞开文学之门的钥匙，我的系列散文《乡村教师手记》得到许多朋友的称赞，其实，如果看过这本书，应该可以找到我文学中的汨汨溪水来自哪里。

这本书后来就成了我的案头书，经历了多次搬书，它也没有从我的身边走散。从扬州到黄邬，又从黄邬到沙沟，在沙沟又经历了几次，再到长江边的小城靖江，但这本书依旧还在，像一条从童年起就陪伴我的老狗。这本书的忠诚啊，我想想就要翻翻他，他的生命也是我的生命。三十一年，有多少灯光之夜我们面面相对，默默无言。多少艰难的日子里，我和这本书在使劲地划桨……不过，在前面毕竟有着——灯光！是的，前面仍然有着灯光，有着一片蔚蓝的天空。

萤火虫的河流

那天读书，看到一句话，说萤火虫稀少的主要原因：水污染和夜间的光照太强。水污染可以理解，而夜间光照太强竟然也是原因。

别人的光太强，萤火虫就决定不闪，也不亮了。

多么敏感又多么自谦的萤火虫！

震惊之余，那个已经被我遗忘的满是萤火虫的下官河浮现了。

那年我十八岁，刚做教师一周。

那年的满河的萤火虫，跟着我，跟着船，要不是有水拍打船底的声音，我都觉得是在做梦。

见证这个奇迹的还有两位教师，因为王家庄有三位学生准备退学，我跟着他们从沙沟到王家庄做一次集中家访。

一位老教师姓陶，个子很高，是苏南人，五十年代后期从苏南到苏北支教的，后来就留了下来。非常严厉，有他监考的考场，谁也不敢作弊。他的苏南口音常常被学生悄悄模仿。

另一位教师姓付，他是陶老师教过的学生，却是个能工巧匠，做裁缝，做木匠，做瓦匠，做电工，仿佛天下没有他不会的。我问过他是不是拜过师傅，付老师说他从来就没有什么师傅，慢慢琢磨就会了。

船是付老师弄的。

竹篙一点，小木船离岸。

两支木桨，在付老师手下很是协调。

当时我们的手中没有电筒，下官河上也没有航标灯，付老师很是自信，稳妥地向王家庄驶去。

萤火虫们就是在这个时候拥过来的。

可能是它们商量好了，萤火虫们都把"灯笼"打开了，跟着我们，照着我们。陶老师和付老师没有对萤火虫表现出过多的惊奇，而是说到那三个学生的家庭故事。这三个学生家都有这样那样的困难，陶老师准备去找王家庄的村主任，这个村主任做过陶老师的学生。

四华里水路，四华里的萤火虫河流。

回来的时候依旧是四华里的水路，四华里的萤火虫河流。

还有天上的星光！

星光，萤光……陶老师和付老师眼中喜悦的光芒。陶老师的学生，也就是王家庄的村主任答应，无论如何他也会解决那三个孩子家困难的。

三十年过去了，陶老师早去世了。付老师也退休了，他现在跟着儿子定居在南京。我多么希望他能够读到这篇文章，一起想起那个夜晚我们的小木船，我们一起穿过的那条没有污染没有强光的萤火虫的下官河。

菊花与泉水

济南的菊花肯定是属于李清照的。

那一天，趵突泉公园的菊花开得实在太烂漫了，仿佛如微醺的李清照。微醺的李清照，微醺的菊花们，心照不宣地，一边吟诵着《醉花阴》和《声声慢》，一边将所有的苦日子、坏日子、酸日子、甜日子用煎饼一卷，和着山东大葱，蘸着高粱烈酒，把这个秋天过得有滋有味。

二百余种菊花，二百多阕词，每一行，都闪烁着少女李清照的眸子。

三十万盆菊花，三十万本《漱玉集》，每一页，都有墨香，那墨一定有漱玉泉的水，在砚台里洇开来。

满园子的菊花香。

我去的那天，恰巧下着雨，因为要把郭沫若的对联读出来，索性把雨伞收了。

"大明湖畔趵突泉边故居在垂杨深处，漱玉集中金石录里文采有后主遗风。"

这对联有些遗憾，什么后主啊，李清照的词风是独立的，她是宋词中的"女王"。"女王"的王座，是用趵突泉的菊花铺就的。

雨越来越大，在趵突泉里寻找李苦禅纪念馆的时候，都近乎暴雨了。可济南人似乎不怕雨，趵突泉公园里的人越来越多，爽朗的山东话在雨中格外好听。我在趵突泉边侧耳寻找着，一个操京腔的声音：

"在我的印象中，济南下大雨的次数屈指可数，多的是中雨，没有什么危害，反而让人欣喜若狂，因为老济南人都知道，有雨便有泉。"

有雨便有泉，难怪趵突泉公园里的人会越来越多，都在看趵突泉，汹涌不绝的趵突泉。

"泉太好了。泉池差不多见方，三个泉口偏西，北边便是条小溪流向西门去，看那三个大泉，一年四季，昼夜不停，老是那么翻滚。你立定呆呆地看三分钟，你便觉出自然的伟大，使你不敢再正眼去看。永远那么纯洁，永远那么活泼，永远那么鲜明，冒，冒，冒，永不疲乏，永不退缩，只是自然有这样的力量！"

五个"永远"，三个"冒"，几乎就是老舍这个作家的铁板钉般的信心和忠诚。这信心，这忠诚，背后是这个作家滚烫滚烫的热爱，对于济南对于趵突泉的爱。

——所以，有泉水的济南，最适合一个刚烈的坚决的人爱她。

在济南，老舍在泉水边生活了四年半，或者可以说，泉水在老舍的身体中流淌了四年半。《济南的冬天》《济南的春天》《济南的秋天》，全是济南的赞美诗。除了这些赞美诗，还有长篇小说《猫城记》《离婚》《牛天赐传》，他的每一个文字都像是我们的教科书，干净而美好。

那美好里，就有"断魂枪"里的默契。

趵突泉、漱玉泉、无忧泉、孝感泉、知鱼泉、石湾泉、鉴泉、湛露泉、满井泉、卧牛泉、珍珠泉、黑虎泉，还有余下的六十眼泉。

完全就是老舍的"断魂枪"的七十二式，点点又点点，招招又招招。

"不传！不传！"

那一夜，老舍摇着头，又摇着头。大明湖里见到"老残"的白莲花也学着老舍摇头，老舍与白莲花对视一下，然后，老舍先生微笑着，摘了片白莲花瓣，用它佐了酒。

——真想就这么与老舍相遇一次，或者做一天他的书童，为他捅炉，为他磨枪，为他摘莲，为他担泉。

黑虎泉边有许多雨中担泉的济南人，用木桶、铁皮桶、塑料壶、大号的可口可乐瓶……汲水的几乎都是女子。这些山东女子，大眼睛阔额头的山东女子，雨还在下，女子们的额头更加明亮。母亲与泉水，理所当然。我掬了一口，那泉水里几乎是跳进我喉咙的。天下怎么有这么好的城市啊，泉水涌着，一如既往地涌着，如老舍先生当年在济南的灵感。

那一年，老舍先生依依不舍地说："从一上车，我便默默地决定好：我必须回济南，必能回济南！济南将比我所认识的更美更尊严，当我回来的时候……"

后来，老舍先生并没有回来，在北京那口又浅又浑浊的湖水中，肯定想到了济南。

雨还在下，我的镜片更迷茫，更恍惚……突然，一个剃着桃子头的男孩（他是跟着妈妈来担泉的）在我耳朵边奶声奶气地喊了声："娘——"

我的心一下子软了，被泉水浸润的童音，济南话的童音，是天下最好听的声音。

暮色纯蓝

> 我的沉默是我的国家的底色
> 但是，我要永记蔷薇花

这是诗人杨健的诗歌。在沉默的命运中，每个人都有"永记蔷薇花"的时刻。我想，生活在起伏的波浪中，我的"永记蔷薇花"的时刻是在与好书相遇的时刻，比如那本在半瘫的父亲身边读完的《天使，望故乡》，比如在停电之夜半截蜡烛下读完的《最明亮的与最黑暗的》，比如坐在空旷打谷场的一只石磙上读完的《大地上的事》。每一本和我相爱过的书，都像童年的星星一样，潮润，明朗。有了它们，我就能在那些破旧的日子里，做着蔷薇花的梦。

记得我在大学那简陋的图书馆里抄诗，为了抄写洛夫先生的长诗《血的再版》，我的新棉袄袖口上滴满了清水鼻涕。记得我在那个小镇上为了寻找能够夜读的煤油而去接近镇长的儿子。记得我在乡村学校的课堂上为孩子们朗诵诗歌，我为他们朗诵过许多诗歌，朗诵孙昕晨的《一粒米和我们并肩前进》的那个黄昏，我记得窗外的暮色开始是红色的，后来变成了紫色，再后来就变成了纯蓝，孩子们的眼睛里全是纯蓝的光芒……朗诵完毕，我的眼里噙满了泪水。

那么好的诗歌，就这么与我相遇。蔷薇花，蔷薇花，沐浴着诗人王家新的歌声、诗人海子的歌声……还有我的好兄弟们的歌声。因为钢笔总是漏水，所以我爱上了圆珠笔。为不用白天工作时的蓝色圆珠笔，就到处求购黑色的圆珠笔芯。当我抄到曼彻斯塔姆的"黄金在天上舞蹈 / 命令我歌唱"，我全身止不住地战栗。到现在，我还记得此首诗的翻译者为荀红军，这是一位二十世纪八十年代初出道的诗人，如今已消失了。再也看不到翻译曼彻斯塔姆翻译得那么精妙的诗人了。

像荀红军一样消失在八十年代的诗人，有多少啊——就像蔷薇花，不断地落，又不断地开。包括那么温暖的《诗歌报》，套红的鲁迅体的《诗歌报》，蒋维扬，乔延凤，都带着我们一起穿越过蔷薇花丛……再也没有那样的报纸了，每一字都值得珍惜的报纸啊。有次开会，我遇到了叶橹先生，问候了一声，竟然失语了——他的头发依旧那么白，我内心满是愧疚，对青春和诗歌的愧疚。

但蔷薇们总是平静如初，上面积满了生存者的无奈和灰尘。我最企盼的是要一本好书，到了晚上，能够逮住我的好书。在好书的面前，沉默和自卑轻轻在星光下张开，任由蔷薇上的针刺被夜色染得坚硬。

也许只有那时，蔷薇和篱笆都是清醒的。这个世界上，除了越来越稀罕的好文字，我已经没有多少开放的可能。

微　波

　　我是一个有机器恐惧症的人，可又经不住大家说开微博的热闹，后来一狠心，上网胡乱点了几下，就取了一个名字，把微博开了。

　　人的本性是不会变的，寂寞的人，在微博上也是寂寞的，像是一块自说自话的石头，没有人听到我的声音。这样最好，我特别喜欢这样的状态，一个人，在角落里玩，像童年的时候一样，没有人打扰，也没有人指责，怎么说话，说多大声，都是我的自由王国。

　　那个星期六的中午却不一样了。

　　我去楼下报亭去买《扬子晚报》，报亭里依旧有三四个老人在打牌，而报亭的左侧却多了一些什么。我转过去，地上都是大大小小的新棉鞋。那么多新棉鞋排列在地上，里面盛满了阳光，我顿时有了过年的感觉。小时候，能在过年得到一双新棉鞋，将是莫大的激动。洗净脚，等干了，再小心地探进去，毛茸茸的，暖烘烘的，连冻疮都有些痒了……

　　卖棉鞋的是范奶奶，没有见过面，倒是认识站在一旁送午饭的范大爷，我每天去上班，总是遇到每天用自行车送孙子上学的他。那孩子和范大爷长了一模一样的招风耳。我问生意怎么样，范大爷说，就这样，把每年做的全卖掉就行了。我问每年做多少双，范大爷说，几乎是一天做两双，一年做六百多双。

六百多双的棉鞋，范奶奶一个人进货（布、棉花和鞋底），一个人裁剪（不同尺寸），绗鞋帮，贴内衬，合并鞋帮，加毛口，包底边，加底层，绱鞋，给鞋定型，最苦的是绱鞋，长长的鞋绳把范奶奶的手"咬"得都是伤口。

范大爷说，明年不做了，真的不做的了，六百双鞋，都做出职业病了，腰疼，胳臂疼，脖子疼，手疼。

我抬眼看范奶奶，穿着褪了色的红外褂的范奶奶，掖手坐在一张塑料凳上，她的面前全是她一年做的棉鞋们，她似乎没有听到她老伴在说她。

我突然想起来了，可以发微博的。经常有人用微博为人做销售广告，我可以用图片再加文字给范奶奶做个广告的。但我不怎么会用手机做这样的事，先打了一个电话给朋友，问怎么做这件事，朋友告诉了我。

没有想到，我的这个微博一下子就有了反响，许多朋友@我，还有评价。有朋友说，棉鞋一双三冬暖！还有一个朋友说，想起了我过世的爷爷！纯手工制作的棉鞋很温暖！有个很会写文章的朋友说，临行密密缝，意恐迟迟归，母亲的愿望特别简单，吃饱，穿暖，有活干！还有外地出差的朋友说，回去就买，去团购……

那天，我很温暖充实，似乎已经帮范奶奶把棉鞋全部卖出去了。

过了几天，我从范奶奶的棉鞋摊前走过，她面前依旧是那么多双棉鞋子。我有点愧疚，不知道我的微博有没有替她多卖出几双。可范大爷说是多卖了，还谢谢我。范奶奶也说，这几天真的多卖了三五双。

我不知道他们是不是客气，多卖了三五双啊说不定是因为这几天天冷……"微博"这两个字在"智能ABC"打出来的时候，没有现成的词组，有时候冒出来是"微薄"，有时候是"微波"。我喜欢"微波"这个词。

微波，在这个寒冬荡漾……

问候两位师傅

　　两位师傅都是修自行车的。

　　喜欢读报纸的老周师傅家在城西，修车点却设在钟楼广场的对面。面前就是不断开放的花树、娇声嫩语的孩子、穿红绸衣打鼓的老人……来来往往的，都不是推自行车的人。真不知道老周为什么这样选址。有几次想问他，最后还是住了口。人生很多选择都是无奈的，说不出口的有，不愿意叙说的有。或许老周选择的是钟楼广场的风景？

　　但老周真是了得！每次见他，他和他的笑都清清爽爽的。冬天的时候，他的皮帽子，他双臂上的蓝色护袖，都像一个刚去工厂上班的老师傅。这和传说中的名厨邢长兴一样，邢师傅在灶前做了一天的菜，全身就是找不到半点油斑。老周修了一天的车，同样已能做到心定神清。闲空的时候，他就读跟别人借过来的报纸，看到我，总要大声说，我在报纸上又看到你的文章了！说实话，第一次听到老周这样说话，我很心虚。写文章的人，终归不能算是手艺人。写文章，可以虚晃一枪。手艺人，哪里容得下玩花枪？一下，也玩不得的。

另一位老师傅姓顾，修车点就在他的家前面，两条道路的交叉口。老顾有一口灿烂的牙齿，还有一双煤炭工人般的黑手！白天里，除了修车、补胎和打气，发生在繁忙路口的许多故事都和老顾没有关系。到了晚上，老顾仿佛换了一个人。刚抿了几两酒，神奇得很，如钓鱼的姜太公，躺在那张老躺椅上，听电台里播的讲经。有生意了，他身边的小狗就会推他的腿。待电台里的讲经播完了，他就摸出工具箱里的空竹，开始抖他的空竹。空荡荡的路口上，那嗡嗡嗡嗡的空竹声，仿佛有无数只鸟的翅膀在振动——是什么鸟翅呢？我猜了几种，最像是那种灰椋鸟。小小的，比麻雀还小，但比麻雀更为坚定，如逗号一样的灰椋鸟。

——其实，这仅仅是我文人的小想象。老顾只是喜欢这样，踏踏实实地，修车，听讲经，抖空竹。老顾修理那些老自行车，同时也修理他的狗。老顾把他的狗当成了自行车。狗名叫虎子，被他修理得很听话。老顾回乡下过年的时候，没把它带上，而是在虎子的窝里放了五天的食，真不知道虎子是如何把五天的食平均成五份的。我以为，老顾的虎子，是真正懂数学的。

这年头，修自行车的师傅的确不多了。用诗人的话说，这叫作手艺的黄昏。黄昏时分，群鸟归巢，白天那么强大的秩序快要改变了。而在这个热闹的小城，在昼与夜临界点的黄昏里，就端坐着我熟悉的两位修车师傅：有梧桐树背景的老周和有香樟树背景的老顾。在尘埃腾起又落下的瞬间，他们的坚定如同擦去了锈迹的钢圈闪闪发亮。只要他们守在那里，那些疲惫的不堪重负的老自行车，就能有信心继续前进，也就能小心穿越那些急吼吼的车流，准确停靠在他们的手下。

老自行车们，替我问候两位老师傅！

几个人张灯结彩

都说三个女人一台戏，而古镇沙沟，却是几个男人闹出了一台戏。

戏是场好戏，是千年前古镇的"名戏"了——沙沟彩妆游走灯会。这几个男人，大都是爷爷辈的老男人。初二起就会合在镇西头的学校食堂里彩排，将在元宵节晚上亮相的彩灯都待在里面呢。

王祥焐冰灯、板桥游湖灯、石梁进士灯、菩提降福灯、翁婆赶集灯、渔翁撒网灯……

五百人组成的灯会队伍啊，几个老男人的眼睛被那些灯照得晶亮，皱纹也被灯光填满了。从去年春天就开始筹备的艰辛、不懈，还有执着，碰到的故事可以说上几天呢，现在都放在那几十组彩灯里了。也许他们不知道筷子兄弟的《老男孩》，可在我看来，他们就是沙沟版的老男孩。

"老男孩"们所钟情的彩妆灯会是古镇一绝，人家的彩灯是固定的，而沙沟的彩灯是游走的，灯和彩妆演员一起游走。最近两次灯会，一次是一九四六年，沙沟初解放，一次是一九五二年国庆节前，那时"老男孩"中最大的才十多岁，真是个小男孩呢。要恢复起来很不容易呢，经费、灯形、火种、演员、护灯、安全，都要这几个"老男孩"去解决，全部是义务的，分文不收的。

记得"筷子兄弟"唱过："梦想总是遥不可及，是不是应该放弃？"古镇的老男孩们不泡茶馆，不打麻将，灯会全在他们梦里亮着呢，他们的梦中，全有一盏属于老男孩自己的灯——

老颜，喜欢漫画。这漫画的种子可是著名画家蒋义海种下的。老颜说，当年的蒋义海老师是大学毕业分配到沙沟学校教语文的。学生很调皮，蒋老师从不训斥，转过身，三笔两笔，就把这个学生的调皮样画到黑板上了。值得蒋义海老师骄傲的，这次灯会的所有灯全是他的学生设计的。

老包，原来是镇上供销社的，退休后还做过一段时间学校门卫。有次学校教师节联欢，他的《智斗》令我大开眼界。老包一人三角，既是阿庆嫂，又是刁德一，还有胡传魁。老包了解许多古镇的历史，比如他见过十六岁的海笑，作家海笑当年就是沙沟税务所的工作人员。为了这个灯会，老包张罗了灯会最重要的开路锣。据说这面铜锣很大，可老包有点卖关子，从不示人，就放在他家里。老包说到正月十五"大家一起看"。

喜欢淮剧的老张是下了岗的粮管所职工。二十世纪七十年代，八一电影制片厂来到沙沟，在芦苇荡里拍反映水上游击队的电影《霜天湖》，这电影后来没有公演，可它是王馥荔的第一部片子。在这部电影里，王馥荔结识了他现在的爱人，还学会了撑船撒网。当年老张的父亲就是王馥荔撑船撒网的师傅。老张痴迷上了淮剧，最喜欢待在镇文化站设的淮剧之家唱他的《十把穿金扇》。这次灯会，老张是主力彩妆演员，他在"板桥游湖灯"中扮演在沙沟坐过馆的郑板桥。

老王是镇上国营米厂的退休工人，他可是个老戏骨，会很多戏文。他总是出现在最需要的地方，这次灯会，本来他要扮演寿星，可灯会最需要一个没有面具的老旦的角色，老王二话没说，就同意反串为"天官赐福灯"中的福奶奶。不知道谁还会认出彩灯队伍中的"老旦"就是当年《沙家浜》中红极一时的"郭建光"。

生活中的种子真的很神奇，就像落在湖水中的莲子，多少年都在淤泥中沉寂，一旦被农民罱泥罱上来之后，还是完整无缺，还可发芽开花。本次灯会最神奇的一粒种子，应该是灯会金童的产生，那是"老男孩"们从镇上八岁的小男孩们中挑选的，结果选中了老郑的宝贝孙子小浩子。

老郑是镇上的老厨师，当年人民饭店的头牌，做出的干汤面全县第一，现在依然是，每天都有批老客户像陆文夫《美食家》里的朱自冶那样等着老郑下面。可为了听戏，老郑可以理直气壮地怠慢客人，闹了不少至今还在镇上流传的笑话。因为孙子做金童，老郑很风光，他早放出风来说，正月十五那天，他对不住大家一天，请假，他要做小浩子的勤务兵呢。

平原上的柴草

我写过很多诗，有一首诗却一直偏爱，叫作《堆柴草的人家》。

大雪之前，一盏小桅灯

就能照见堆柴草的人家

这是刚刚割下的柴草

已经捆好了，像捆好的日子

父亲在下面，我在上面

一排一排地往上堆

开始父亲用手接，后来扔

再后来就用上木杈了

一捆一捆地往上堆

我渐渐地升到了天空中

高过了屋顶，父亲在灯下的影子

越来越小

堆柴草的人家

小心火烛

最后我像一捆草一样滑下来

父亲用大手接住了我

我和父亲都靠着柴草堆

默默无言

不用到明年

这场大雪之后

这堆柴草就会矮下去的

因此在每场大雪之前

我都想带一盏小桅灯回家

回到屋前的油灯下

掸去满身的芦絮

堆柴草的人家

小心火烛

　　这首诗我曾经尝试把它改成一个短篇小说。改到一半，我还是放弃了。原因很简单，这个非常真实也非常温暖的画面，是我和父亲极其少的温暖画面，我不能破坏掉，比如那两句"堆柴草的人家／小心火烛"。

　　与这个画面相似的，是我光着脚丫在粗瓷大缸里腌大菜。这是我和母亲相处的一个画面。堆柴草是往上堆，而腌大菜则需要使劲踩。这两个场景是里下河冬天到来前，每个人家必须完成的功课。做完这两个功课，就能胸有成竹地迎接那来自西伯利亚的滚滚寒流。

　　里下河平原上那寒流的样子，在汪曾祺先生的《冬天》中有提及，在毕飞宇先生的《1975年的春节》中也有提及。冷，在彻骨的寒冷中，想到有那小山似的柴草堆，有一大缸的腌大菜，就觉得日子还有希望。

这么多年过去了，我写作的样子很像是在平原上堆柴草。割下的柴草们，要一一捆好。堆柴草的工具，开始是用手接，再后来是扔，再后来扔不上去了，就用木杈。似乎离故乡越来越远，但生命中的血脉却越来越清晰。生活的柴草，创作的草堆，有些材料遗忘了，有些材料又记起来了。我的短篇小说《一根细麻绳》的缘起就在一个偌大的芦苇荡深处，我和父亲看芦苇荡，父亲给我讲发生在这片芦苇荡深处游击队暗杀的故事。这个暗杀的故事一直在几十年后才用到，但那柴草还是有火力。但也有些故事到现在还没用到，或者永不用到，比如我们村庄，两大姓氏，庞与孙。为什么一定将这两大姓安排在一起？当年读《白鹿原》，虽然我们村庄的故事没陈忠实先生写得精彩，但故事里也有许多血腥、幽暗和暧昧。怎么写，如何写，这么多年，我还是没准备好。

　　这几年，反而是一部《有的人》出现在我的笔下，我写了当下的平原，一个虚构的彭家庄，一个从彭家庄走出的诗人彭三郎的故事。这也是平原上的一个柴草堆。写完之后，我眺望远方的那个彭家庄，虽然什么也看不见，但我知道，芦苇们依旧在顽强地生长。

书奴者说

不是风。

寂静的渔婆路之夜，奥尼尔听过呼啸而过的飙车声，汪曾祺被轰然而过的货车声吵醒过。还有一次，是伍尔夫，他正在望故乡的天使被刺耳的恶作剧的喇叭声搅得心烦意乱。

不速的声音总是撞进我的六平方米的书房，但风进不来。

风翻不动我案头的书，是食指翻动了我的书。食指和大拇指相比，它是饥饿的先锋官，急不可待的它总是抢在我的前面翻开了那本书。我感到了它微微的战栗，和心跳一个节律。清净的阅读之乐不可言说——我在书外，书在我的手中，我们在时光的长河中相亲相爱。

我是一个多么愿意与别人分享快乐的人。我热切地期盼奇迹，这世界成为一棵巨大的灯芯草吧，每一根草节上都有一盏灯，每一盏灯下都有一个虔诚的阅读者。

念经者的结局，往往是自言自语。食指每天都在书本上练功，也练不成天下无敌的一指禅。滚滚红尘中有一个残酷的现实，我说过的快乐以及听众们所发的宏愿都会化为百万碎片。

一个人连自己都左右不了，还能够左右别人？网络是便捷的，虚假宣传是败坏胃口的。真正的书生，一生中只会上一次当。世界又如此地沉重和功利，为什么不去热爱轻阅读？

风还是进不来，圣埃克苏佩里还在夜航，他无法在一粒米上降落。

有人问过我，你最愿意成为什么。我说，比起做作家，我更愿意成为一个阅读者，做作家是艰辛的，但做一个阅读者是幸福的。你可以看到一个灵魂无数次在转世，比如契诃夫与卡佛，比如蒲松龄与莫言。食指的神秘感受，它在替我说出一个仰慕者的单相思。阅读之美，是一个心灵对另一个心灵的神秘迎合，亦是一个心灵和一个心灵的苦苦约会。

比起新书，我现在很喜欢流连在旧书网，几乎每个月我都能够在旧书网"逮"到二十世纪八十年代出的那些好书。在二十世纪八十年代那个黄金时代里，人心沉静，文风青春，几乎能看到任何泡沫。我和那些出没在灰尘里的好书成了知己。

——那些沉淀下来的书本是最幸福的书本。畅销书里藏着诱惑人心的东西，而好书里面藏着人心中最宝贵的东西。在人民桥附近的旧书店，一本仅仅两块钱的《中国小说美学》令我兴奋了整整一个星期。通过这本书的引导，我又花一百元从遥远的江西邮购到了金圣叹评点的《第五才子书》。再后来，我又搞到了评话大师王少堂的《武松》和《宋江》。直到上个月，我买到了美国马幼恒的两本论《水浒传》的书……

不是风，而是食指。其实也不是食指。而是庄周蝴蝶的两只翅膀，一只翅膀叫作封面，另一只翅膀却不叫封底。

所有的因果，在我所爱的书之上。

亲爱的凤城河

出门旅游，我看得最少的是水。这其实不是固执，我不想破坏我贮存的"水晶宫"——记忆中的水的童年。渐渐漫过木码头的水，逃到淘米箩的小鱼，躲在树根下的虾，还有赤裸的少年们，他们在我的"水晶宫"里是那么透明，又是那么忧伤。

——那时的世界在什么地方？那时的我又在什么地方？

我去凤城河的那天，是一个春天的黄昏。河岸边都是小小的菖蒲，就像春天的小指甲。还有刚刚冒出来的菱蓬，像是水中的风车，在微波中慢慢旋转着。菱花还没开，它要开就开在月光下，月光下的凤城河，菖蒲新鲜，菱花细心，还有像月亮一样的铜锣，就挂在凤城河的老街上。

老街上有鱼汤面的芳香，芳香中有辛辣的胡椒粉的味道。水多的凤城，需要驱湿祛寒的鱼汤面，也需要温老暖贫的泡炒米。在河中打捞生活的乡亲们，停了篙，系了缆，上了岸来，就是六百米长的老街——那热闹，简直就是传说中的京城啊。下河的向南，上河的向北。青砖上的青苔，黛瓦上的麻雀，麻石街上的糖人，戏院里的草炉饼，书场里的热手巾，说是凤城的草根，已有两千年，你见到过两千年的草根吗？

岁月的洪水悄悄漫过了凤城河，在老街上，我想见到的却是柳敬亭。老街，肯定记得柳敬亭醉了酒的说书声。柳老说书的声音，报平安的更声，在一个忙碌的时代，只有静静的凤城河在默默收藏。那年在鲁迅文学院，作协请来了评书大师刘兰芳给我们上课。我想得最多的却是柳敬亭，那个能够把一肚子的凤城河的水化作了一肚子的故事的柳敬亭。

和我们一起游凤城河的范君参与了凤城河的治理，而多年以前，他的祖先范仲淹，曾在凤城河留下了脚印。也许景色醉了人，他像一个顽童似的，竟然和我们一起对着望海楼喊渡。

——对岸，将过来什么样的船娘？

此岸有凤凰姑娘，有青梅竹马的凤凰姑娘、大义如山的凤凰姑娘。还有来凤楼的钟声，敲一下，会穿透所有的混沌，也会惊醒陈庵里那个戏痴孔尚任。桃花，桃花。桃花已谢，但孔尚任心中的桃花永远盛开。远处还没有满目的油菜花（油菜花还在赶往里下河的路上）——孔尚任的桃花点点，里下河的圩田里是薄冰闪烁，这是凤城河灌溉的、贫穷的，又快乐的童年。

——那秧田里唱秧歌的新娘，会不会就是孔先生下一部戏的女主角？

陈庵边的桃花已谢，小小的枝头已有了青桃。桥上的人，水里的浮萍。在范君沙哑喉咙的介绍中，亲爱的凤城河，像邻家的巧媳妇，有朴素之美、烟火气之香，有家常之亲。

春天的黄昏，亲爱的凤城河上，都是乡情的黄金。

檐下燕

老家的屋檐下，总是有一些神秘的伙伴。有次我倚在门框上看下雨，正在搓草绳的母亲说，家蛇也在数檐雨呢。

母亲的话把我吓了一跳，有爬行动物恐惧症的我赶紧把檐口搜视了一遍，没有发现蛇，倒是看到许多雨滴沿着檐口的麦秸秆向下汇落，晶亮晶亮的，就像蛇的小眼睛眨来眨去。搜完了檐口，我又环顾屋檐，屋檐下有个很大的燕子窝，燕子每天穿过屋檐归巢的次数，绝对比我们几个加起来还多。

那时真是不懂事，贪玩，还和母亲顶嘴。母亲说，你们看看燕子，起早带晚的，一刻也不停，多勤力啊。"勤力"是母亲的口头语，意思是不惜力气。

燕子年年来我家，母亲不允许碰燕子窝，更不允许乱动乱跑，免得吓坏了燕子。那时，在我小小的心里，天真地认为屋檐下的燕子也是母亲饲养的。

后来一个个长大，丢下母亲，离开老家，冒冒失失地来到了城市讨生活，油灯换成了日光灯，几乎是日夜不分。开始是不习惯的，后来还是习惯了在人家的屋檐下讨生活。有时会站在铝合金的窗户前思乡，恍惚，虚幻，想不出檐雨的模样，家蛇眼睛一样晶亮的檐雨都送到下水道里了。

谁知道有只燕子也跟着我，它几乎和我一样冒冒失失。它在我们单位找不到屋檐，只好在走廊上的路灯罩旁筑窝。真不知道它的泥是怎么来的，那些草丝又是怎么来的。我发现的时候，燕子窝工程已进行了一半。白天还好，不怎么看得出来。到了下午四五点钟，路灯打开，那黑色的燕子窝就显形了。我真担心它被清洁工解决掉。每天早上我总是先向这只未完成的燕子窝"报到"，估计清洁工阿姨也是喜欢燕子的，她"忽略"了燕子带来的不便，时不时地去清扫落下来的"建筑材料"。燕子的工程在我们的工作日的时候进展得比较慢，而到了双休日进展得比较快。用母亲的话说，这燕子"勤力"得很。

我本想等到燕子窝工程完成了拍张照片传到网上，偏偏还是没有完成。一个周一早上，刚刚上班的我发现地上的燕子窝，估计是遭到了强拆。后来发现不是这回事，路灯的灯罩是塑料的，衔过来的泥也不是老家农田里的黏土，只是公园里的沙土，待一干燥，燕窝自然坍塌。

还没等我叹息完，燕子又开始了它的重建。再后来，又坍塌。我都不忍心了，用胶带把坍塌下来的部分泥燕窝粘上去。还给燕子钉过一只木燕窝，都是徒劳。在这个水泥的屋檐下，泥脚印是留不下的，泥燕窝也是做不成的。可这只固执的燕子似乎和灯罩较上劲了，等到秋风起的时候，它依旧没有放弃它的泥燕窝之梦。秋天越来越深了，一直等到爱美的女同事都穿上秋裤的时候，燕子不见了。

它去南方了吗？

它还会回来吗？

我常常于走廊上，仰着头，在这水泥屋檐下，看着灯罩上的那泥印迹发呆。

玫瑰与大蒜

每一个在乡村成长的人都带有乡村的尾骨。

这样的尾骨在平时是看不出来的，但到了某个时候，某个情境，那尾骨就会不由自主地摇曳起来。比如我看到河边有几丛茂盛的野草，我就暗自庆幸，其他拾猪草的伙伴竟然没有发现它们。说实话，我总是忍不住要把这么肥美的野草扯下来，就像是放学途中那样，把这些侥幸获得的肥美野草带到自家的猪圈去。

这样的尾骨于那些迁居到城里的乡亲更甚，小区里的灌木丛在他们的眼中是完全无用的，不能长高，亦不能结果，最好拔掉，或者水萝卜，或者香菜，或者黄豆，或者苋菜，或者番茄，或者玉米，再不济也要葱蒜什么的。深栽茄子浅栽葱的种植经验再次在小小的"开心农场"中得到证实。由于场地小，精力旺盛，那些"幸存"在城市里的经济作物们生机蓬勃，如果算成单位亩产，那数据是相当惊人的。

我和一位农业专家吴先生谈过这个事件，他告诉我，这是每个农民的"十边地"情结。

"十边地？！"这个词，我似乎听过，又似乎不太熟悉。

所谓"十边地"，就是路边、河边、港边、屋边、塘边、沟边，还有墙边等，那些大田地块以外的零碎小地块，不算到村里的土地指标，是荒地，农民们不忍心辜负季节，把种子种到了每一块可以生长的土里，而种子们当然也不会辜负种植者的期待。

那天，我走过正在修建的一条路，南段已铺上了沥青，而北段还没有来得及铺上，那段港边的地块可是去年夜排档最火的地方。可谁能想得到呢，这港边已是一片小型农场了，而且是成片的，玉米一排排，茄子一行行，黄豆一簇簇。

记得一位小说家写过一部小说，主人公把绿化地全都种上了麦子。想想种上麦子的城市该成为什么样的城市。相比小麦的城市，我更喜欢鲜花满目的城市。比如现在路边的那些长春花孔雀草，那些金鸡菊三色堇，那些荷兰菊矮牵牛，这些草花，有一点雨水，就如期开放，而且花期那么长，令城市有了"天上的街市"的氛围。

　　为什么不撒玫瑰瓣

　　为什么不撒大蒜叶？

这两句诗是一位新婚诗人写给妻子的诗，诗人是在说真实的事，他们在为红烧鲫鱼的时候该放玫瑰花瓣还是放大蒜叶而纠结。

是种玫瑰花？还是种大蒜？

这是小小的纠结，而小小的纠结，可以诞生最小的期待。把问题搁置，让明天如那些小小的草花沿途开放。

秋雪湖的雪种子

去秋雪湖的那个下午，我用手机拍了一幅结了种子的蒲公英照片，取名为《秋雪湖的雪种子》，发到了微信上。

一株蒲公英十几个茎秆上顶着雪白的小伞，静静地在等。

等什么呢？

当然是在等一阵风。

这风，会来的。

跟着风来的还有记忆，我们的记忆，我们血脉里溯流而上的田园牧歌的记忆。

这是我的自信，用木心先生的话说，这风是从去年秋天吹来的风。是的，去年秋天的风，还有前年秋天的风，再往前，很多年前的风，从我的头顶上飞过。那时，我和我的父亲待在一望无际的芦苇荡里"看"芦苇，这"看"，是不让作为里下河经济作物的芦苇在被集体分配之前被偷窃。芦苇丛生，先是绿箭般的春天，再是泼墨般波涛般的青纱帐。秋天到了，芦苇开花，每一穗芦苇开花都仿佛婴儿的初生，湿漉漉的，羞答答的，被露珠沁着，任朝霞宠着，仅仅一天，到了黄昏，那芦絮的雪种子就熟了，像父亲的头发，是一瞬间白的。

我童年里的芦絮熟了，相隔不远的秋雪湖的芦絮也熟了。

同一血脉，同一口音，那些在湖里黑泥里蹿行的芦根，那闪电一般，在秘密接触，兴奋地纠缠，交换着对于今年秋风的感受，以及乡亲们汗珠的味道。

——在温情的秋雪湖，我已明白了我的芦根已蹿行到这里。

芦絮熟了，雪种子在等待，等待我们一行人的到来。

行走，朗诵，欢笑……这些由我们平凡的身体所带出的风，也仅仅令秋雪湖的那些雪种子在看不见的枝头上晃了晃。

那些藏在树林深处的狗叫声，亲切的，跟着我们奔跑跳跃，狗叫声也是雪种子。

那些温热的鸡蛋，那些调皮的鸟叫。

那些有野心的茉莉，那些无目的的鹿鸣。

飞越我们头顶的，是那些未知的日子。

白衣如雪，白发如雪，雪的深处，是秋雪湖的静谧王国。

风来了。

一位叫胡石言的作家被风吹到了这里，他眼中的雪，他生命中的雪，永远地落在他生命的墨水中，一篇《秋雪湖之恋》，获得了一九八三年全国优秀短篇小说奖，也带动了更汪洋的雪种子。

是的，雪种子。

苇雪中的胡石言应该是秋雪湖最大的雪种子。

老友记

先从"头"说起吧，我的第一个"根据地"是新风理发店。一个老得不能再老的理发店，那是属于老蒋的理发店。当年属于小城饮服公司的，后来饮服公司散了，老蒋就和一个姓张的师傅在人民路合开了一个理发店。后来还是分开了，两个人独立了，各自带走自己的顾客，我当然属于老蒋了。老蒋手艺好，熟悉小城的根底。在他的理发店理发，等于听评书，有荤有素，有麻有辣，亦有人间的苦乐。

第二个"根据地"是朱大路浴室。本来我在一家工人浴室洗澡，后来那工厂倒闭之后，我只好乱打乱撞，还是找到了这靖江城北地带很有名气的平民浴室。这个浴室与一般的普浴不一样的是池大、水烫，还有穿衣间特别宽敞。开浴室的是老项和他爱人，只要在靖江，我几乎每天都要到这个浴室"报到"，和我的十几个铁杆浴友寒暄聊天。这个浴室的命运也不平凡，先是在朱大路居委的楼下，但合同到期了。后来只好搬迁到玉带路党校的空房子里，名字还是叫"朱大路浴室"。这几年，浴客的人生在时代的潮汐中有聚有散。前几天，这个冬天很少见到的王老师出现了，他跟我说随儿子搬到新城，在那里空寂得很不习惯，他是忍不住回来"过瘾"的。

我的第三个"根据地"是十字街头的修车摊，摊主老顾，有一手修车好手艺，也有抖空竹的技艺。他还喜欢养狗、喝酒。去年他养的一只会识数的狗被人偷走之后，今年他似乎跟小偷赌气似的，养了两只狗。我隔三岔五地去给自行车打气，或者去修自行车，总是遇到他的两只小狗。他跟我讲过许多狗的故事，都像是在讲那只失踪了的狗。最让我不能忘记的是一个星期天，他跟我讲方家场有只老狗去世了，是主人当年从俄罗斯带回来的，已十六岁，相当于人类的一百一十二岁，狗主人的全家都哭了。老顾说得平静，我却波澜起伏。那是怎样的情景，人狗情未了，未了的，都是善良人的牵挂。

第四个"根据地"是有关吃的，城西小学附近的胖子水果店。胖子姓薛，长得和他的水果一样，笑眯眯的。买卖很公道，经常建议我买他的什么水果，不要买他的什么水果。他依着我戴眼镜的样子叫我老师，我乐意他叫我老师。后来我才明白，他最尊敬老师。如果不是为了儿子的教育，老薛还在郑州卖布呢。当然他跟我讲得最多的不是水果，而是他的儿子，他的在南京上大学的儿子。几年过去了，儿子毕业了，想出国学习。前几天，我见到有点醉意的老薛，他告诉我儿子有了对象，不出国了。老薛讲得很开心，我也跟着他一起开心。如今的生活，最需要这样平凡又实在的开心。

说来也怪，有时我出差在外，常想起的就是我在这个谋生之地的这四个"根据地"。这四个"根据地"，是我日常生活的四个车轮，亦是那口神奇的、泉眼清澈的四眼井。

醉湘西

在我的印象中，画家总是阳春白雪的，对于出恭之类的不雅之事，必须避而远之。到了湘西凤凰，我真的大开眼界，我看到了一个画家的系列出恭图，一共二十几幅的出恭图，中国的、外国的、个人的、集体的、早晨的、晚上的、男人的、女人的，姿态各异，仿佛是世间的出恭大全。

如此胆大，也是如此野性的画家就是湘西人黄永玉。

诗人白桦写过一部电影剧本，叫作《太阳与人》，后来改名为《苦恋》，主人公的原型就是黄永玉。苦恋，其实就是真正艺术家的品质。

经历了那么多的苦难，黄永玉依旧像一个老顽童：写诗，写散文，搞木刻，画画，还养狗。在黄永玉的家园里，几百条高大的狗追逐着小个子的黄永玉，他却到了树上，像一根树枝侧立。

他在练功。下了树，他捏出一只酒瓶，把湘西的酒装进去，就叫作酒鬼酒。你可以问他，可他只是狡黠地笑着，像个天真的孩子。从酒徒到酒鬼，该有怎样的修行啊。面对青山绿水，黄永玉的野性永在。

如果他不离开凤凰，茶峒的翠翠爱上的该不会是二老傩送了吧？

湘西人的才气，就像湘西的山水，无法模仿，更是无法抄袭。比黄永玉更厉害的湘西人，就是黄永玉的表叔，作家沈从文。沈从文做过西南联合大学的老师，教出了许多学生，其中，最有名的应该是从江阴南菁中学毕业的汪曾祺。师生的文章，几乎都是有灵性的，但又是不同的，就像山上的溪水，九里十八弯，弯到了人性的最深处。

我去湘西其实只有一个目的，瞻仰沈从文先生故居，拜祭沈从文先生的墓。故居里的人很多，像凤凰的姜糖一样，多而诡秘。我在故居买了一本《从文自传》，就准备去沈从文的墓，可熟悉吊脚楼的导游并不清楚先生的墓地在什么地方。出门向一位当地老者打听，她给我们指点了方向：城东南岸。我们立即过桥，穿越长长的小巷，出城，找到了先生的墓地，这是十二岁就离开家乡的凤凰游子的终点。在小小的半山坡上，很普通，有点像先生在文学史上的位置。先生曾经被文学史遮蔽过多年，可太阳升起的时候，我们还是看到了他的《长河》，他的《边城》……这么多年，这么多事，先生累了。

但他永远是微笑的，就像墓碑上的十六个字："不折不从 亦慈亦让 星斗其文 赤子其人。"这是四妹张充和写给三姐夫沈从文的挽词。周围的晚饭花开得极灿烂，是罕见的白色晚饭花，极其寂静，就像先生的文字。这位自称乡下人的大作家，还是回到了水边，看着他创造的人物后代生活着，三三，夭夭，翠翠，老七，水保……他们的子孙都想念着先生："这个人也许永远不回来了，也许明天回来。"(《边城》的结尾)

也许明天回来？可连说过"玩物从来未尚志，著书老去为抒情"的汪曾祺先生都走了，只留下不知疲倦的河流。虽然只写了二十年小说，可沈从文先生留下的每一个字都是醇酒。我不能不醉，就像那个晚上，我晚归在湘西的晚风中，醉了……

女摊主是土家族的还是苗族的，已忘了。她有着湘西女人的美丽和笑容，还有湘西女人的坚韧和自信——她快要生了，腆着大肚子，依旧做着夜排档生意。都是山货，价格并不高。同行的 Y 君故意逗我："我看你收获最大，今晚能否微醺？"我答应了。那个晚上，我喝到了最高量：三瓶湘西水酿造的啤酒。那是先生的辰水、沅水和商水共同酿造的啤酒啊。

夜深了，一辆摩托车来到我们的身边，是女摊主的丈夫。她侧坐到摩托车上，向我们摇手告别。灯光下她的笑容依旧灿烂，我借着酒劲，对她喊："我祝愿你生一对双胞胎，一个叫青山，一个叫绿水。"

梦中的大象

　　很想去云南看看大象，这愿望埋在心里很久了，有很多次，就把愿望秘密寄存给天上的云了，还有飞越我们平凡生活的红嘴鸥。云去彩云之南，红嘴鸥去昆明的翠湖——彩、红、翠——都不是黑白色，和当年国产彩色故事片《阿诗玛》和《五朵金花》一样，歌声的，鲜花的，微笑的，多声部，多色彩的，一直在我的耳边眼前回放。鲜花、蝴蝶和姑娘的笑靥、灵气逼人的石头孕育出的爱情、情歌、篝火、舞蹈、诗歌……还有中国抗日史上另一种辉煌的薪火相传的西南联大，当然，还有大象。

　　旅行的路途早安排好了，昆明—大理—丽江，这是云南旅游的最经典的线路。我们一行就像是形式主义上的十几颗棋子，在背诵式的导游中，拍照，买土特产，上车，吃饭（吃饭更是形式主义），似乎是做梦，可又不是做梦，密密麻麻的游客，比翠湖上的红嘴鸥还多。疲惫产生了：昆明的石林、大理的洱海、玉龙雪山，都很美，可都不能打动我——或是我没有打动它们，我多么希望我的旅行就像大象的行走，慢一点，再慢一点；悠闲一点，再悠闲一点；清静一点，再清静一点。比如丽江的索河古镇，还有大研古镇，我多想在大研古镇住一个星期，早晨，傍晚，晴天，雨天，雾天，还有停电的时候，下雪，暴雨，春节，中秋，我会像古镇的一条鱼，游荡在五彩石的古街上……

可一切太匆匆，连一个完整的上午或者下午都不曾拥有，就赶往下一个景点，唯独去购物点，导游不催促，热情一下子上了几十个百分点，如同云南的早晨和中午的温差。在吵闹的购物点，我的头脑里总是响起当年西南联大的学生汪曾祺多次听过的空袭声，我见得最多的是木头的大象，石头的大象，一动不动地站在宾馆的门口，小得很不真实，虚假得不正常，连象牙都懒得雕出了。离归程的日期越来越近，梦中的大象就离我越来越远，我想无论如何我都要去看一看西南联大，"尽笳吹、弦诵在山城"的西南联大，看一看闻一多先生最后一次讲演的至公堂——"前脚跨出大门，后脚就不准备跨进大门"的英雄无畏的至公堂。

尽管在前一天，我经历了大理到昆明五个小时的颠簸，可那天早晨我醒得很早（我向旅行团请了三个小时的假），向梦想中的西南联合大学出发，路上空荡荡的。西南联大的全称应该是国立西南联合大学，它是由北大、清华、南开三校共同在抗日的后方昆明成立的，成立的时间是一九三八年四月二日，开学时间是当年的五月四日，最后一届的毕业典礼是在一九四五年的五月四日。艰苦中苦撑了八年的西南联大却是硕果累累。陈寅恪、汤用彤、钱穆、冯友兰、金岳霖、潘光旦、朱自清、王力、华罗庚、吴大猷等等，他们都在这个时期完成了一生中最为重要的著作；还有冯至，他在昆明完成了《歌德论述》《杜甫传》；现代文学史上和鲁迅并肩的另一座山峰沈从文则完成了他的《湘西》《长河》；吴大猷完成了对他学生李政道和杨振宁最初的教育；朱自清和沈从文则完成了对他们共同的学生汪曾祺的启蒙……

作为晚生的我到达西南联大遗址时已经是二〇〇六年的十一月十一

日，时光远去了六十多年。整个时空的背景也换成了云南师范大学。一群男生在闻一多的雕像前广场上布置桌椅和棋盘，看样子是在准备中国象棋比赛；一位女生则在李公朴的衣冠墓前读着什么原理；还有铁皮和茅草教室，土水井，简易连桌椅，"一二·一"运动纪念碑和四烈士墓（有江苏徐州十八岁的西南联合大学的女生潘琰）……站在国立西南联合大学的校牌下，我听到了校歌（这是一阙中国骨气的《满江红》）："万里长征，辞却了五朝宫阙，暂驻足衡山湘水，又成别离。绝徼移栽桢干质，九州遍洒黎元血。尽笳吹，弦诵在山城，情弥切。千秋耻，终当雪。中兴业，须人杰。便一成三户，壮怀难折。多难殷忧新国运，动心忍性希前哲。待驱除仇寇，复神京，还燕碣。"

相比云南师范大学，云南大学就沉寂了许多。大门依旧是当年的大门，沿着当年的唐继尧所建的九十五级台阶而上（每一级台阶都磨得光亮），就看到了一百多岁的会泽院，在会泽院的后面，便是当年闻一多先生拍案而起的至公堂。没有想到的是，至公堂正在装修，实在没有办法领略当年的氛围，只是在讲台下站了一会儿，就退出了至公堂。一九四六年七月十五日，闻一多先生，这支黑暗中的红烛，在结束他的讲演三个小时后，被特务们暗杀在回西南联大的西仓坡宿舍的路上，当时遇刺的还有闻一多十八岁的长子闻立鹤。当闻一多倒下去后，闻立鹤立即扑到父亲的身上，他为父亲挡了五枪，直至他从父亲的身上滚落下来，狂妄的特务们又继续向闻一多开枪，连枪都不再是暗杀李公朴的无声手枪了。

在叮叮当当的枪声中，我看见了梦中的大象们，它们毫无畏惧地永远行走在大地上，踏实，坚定，为所背负的对人间的爱，大象的队伍所激起整齐的足音，就像是大地有力的心跳。

国良先生

　　我认识王国良先生很迟，大约是在二〇〇四年夏天。我正好要筹拍一个群众文艺积极分子的专题片，有人向我推荐了陈国彩先生，于是我就去红光拜访陈国彩。戴着草帽的国彩先生一边莳弄屋后的芋头，一边跟他的老太婆开玩笑。我在国彩先生的幽默和调侃中第一次见识了靖江人种芋头和在里下河的垛田上种芋头的不同。

　　国彩先生编了许多反映家庭和谐和计划生育的三句半，他不仅会编，而且会表演。我们在他屋后的竹林里录制了三个节目后，开始进行访谈工作。本来很自如的国彩先生面对镜头，竟然手足无措起来，结结巴巴地说起了童年和求学的事，就在他的叙述中，他说到了他的亲哥哥王国良先生。

　　我听说过王国良先生，但我不知道王国良先生是国彩先生的哥哥。国彩先生说，他童年时被陈姓人家抱养，所以姓陈。国彩先生又说，王国良先生就在后面的垛上。一听说这个线索，我们赶紧出发，走了一个大堤，就拐到了后面的垛上。王国良先生正在垛西边的人家讲经，我们赶紧追过去，见到了儒雅而淡定的王国良先生。这是我第一次采访王国良先生，但采访的主角并不是他，而是陈国彩先生。有一个细节是这样的，王国良先生俯身为他弟弟国彩先生的演出本纠正了几个错别字。纠正错别字的样子很严肃，陈国彩先生虽是弟弟，但在王国良先生面前，更像是小学生。

再一次采访王国良先生已是十年之后，我早到了政协工作，开始了《靖江老先生》的采访和编写工作。我们商定采访的第一人就是王国良先生。这是我第一次全面而认真地和王国良先生对话。我们坐在庭院里，隔壁人家伸到他家的枇杷树果已往下掉，地上黄灿灿的一片。国良先生从他的童年说起，又说到了他的求学，他的家庭，他的讲经生涯，他做记者的生涯，他抓小偷的惊险，他的那些定格靖江的照片，他在没有空调的老房子里的寒冬酷暑中毕恭毕敬的抄写。

那天很闷热，但采访很是顺利，他衬衫扣得紧紧的，头发一丝不苟。采访结束，出人意料地，他从井里拎出两个早凉好的西瓜！西瓜很甜，从北面过来的穿堂风很是凉爽，先生长期伏案的老藤椅，像一只安静的老狗，蹲在小木桌边。

再后来见他，就是两年后《靖江老先生》的统稿工作，几次统稿，国良先生都提了许多有益的建议。穿着藏青中山装的他说话不紧不慢，不高不低，像是商量，但他总是正确的。其时，帮助《靖江地名掌故》《靖江风俗大观》做过采写工作的国彩先生已去世了。有时，我和他谈到国彩先生，他脸上也很平静。那平静，如大树落叶后呈现的无边辽阔又实实在在的平静。

听到国良先生走上了归途的消息，我又想到了他平静的表情。

国良先生的确是一棵大树。

烟火常州

我常常想，我所居住的靖江和江阴，同样说的是吴语，可为什么气质完全不一样？相比而言，小城靖江更多了些迷人的烟火气。如此的烟火气，并不源自六十多公里外的无锡，而是源自七十公里外的常州。

为什么是常州？是因为《马路天使》中的金嗓子周璇吗？还是因为刘海粟的画？或者阿甲的《红灯记》？这几个名人，怎么看都和相同领域的名人不一样，常州籍的名人就多了一层接地气的烟火味。比如，周璇的嗓子不像苏州评弹，也不似无锡滩簧，她的声音是天生的烟火腔，永远有邻家小妹的天然与无邪。

"今且速归毗陵，聊自憩，此我里，庶几且少休，不即死。"这是颠簸一辈子苏东坡老先生带有儿童稚气的率真话。

迷上了常州的老先生，来了一次又一次，先后有十三次。第十三次，老先生走不了了。老先生所在的眉州是个多么好的地方，可苏东坡老先生这段话中的一个"速"字和一个"里"字，既没有辜负眉州，亦没有辜负常州，更没有辜负他心中的山水——

149

常州，既没有苏州的鲜，也没有无锡的甜，但常州却有可以温老暖贫的烟火气，很亲切的、贴心贴肺的烟火气。

——属于常州府的靖江怎么可能没有常州的烟火气呢？

比如刘国钧先生，十五岁的刘国钧从靖江出发，到了常州奔牛镇，做了许多大事。但我最感兴趣的是刘国钧的灯芯绒，他就在常州，织出了灯芯绒布料，这是诞生在中国土地上的第一块灯芯绒布啊。

灯芯绒为割纬起绒、表面形成纵向绒条的棉织物。灯芯绒质地厚实，保暖性好，由一组经纱和二组纬纱织成，其中一组纬纱（称地纬）与经纱交织成固结绒毛的地布，另一组纬纱（称绒纬）与经纱交织构成有规律的浮纬，割断后形成绒毛。因绒条像一条条灯草芯，所以称为灯芯绒。

这是我抄的一段有关灯芯绒的文字。

少年时，我认定的最暖心的布料就是灯芯绒。我的三个贫穷的姐姐，和本村的姐妹们比自己的聘礼时，比的是谁的聘礼中灯芯绒布料最多，谁有两块灯芯绒，就是一个幸福的新嫁娘了。

棉织物、纬纱、绒纬、浮纬、割绒，灯芯绒有多么复杂的工艺，全被刘国钧先生攻克了。

"问我平生少时苦，一生学费钱八百。日食三餐元麦糊，夜卧一张竹编床。半生事业万人功，富就安乐不忘贫。"

这是刘国钧先生的诗。

元麦糊——靖江有，常州有。

竹编床——靖江有，常州也有。

一个食，一个住。这两个最普通的元素，也是构成常州人童年的两个关键词。常州的烟火气，其实，就缘自常州人最平常的两样东西：屋前的元麦、屋后的竹林，这是常州冬天里最绿的两个老伙计。

有这两个老伙计，烟火气就这样绵延开来。

其实，第一次让我记住常州，还要推算到我的一九八三年的大学，那是思想政治教育专业最重要的一门课上，这门课叫《中国共产党党史》，一本大红封皮的教科书，那里面就有三个常州青年的身影闪现其中：瞿秋白、恽代英、张太雷。我们的老师为了调动我们上课的兴趣，闲说了许多书上没有的细节，比如延安的故事，比如那本奇书《多余的话》。我们的老师根本不知道，他的一句"奇书"，就紧紧勾住了我十六岁的心。为了找《多余的话》，我找了大学的图书馆，还去了扬州图书馆，都没有。再后来，我去乡下教书，更是不可能读到《多余的话》。再后来，直到一九九六年，我去扬州学习，正好看到江苏文艺出版社出了本《多余的话——瞿秋白自传》。买下，一口气翻完，那时已快三十岁了，不再是愣头青了，到处碰壁的生活已把我熬成一块石碱，读后的感觉是，多余的话——这个题目真好。

可我的理解还是错了，那次去八桂堂，是我第一次来常州，被他的诗猛然撞上了："我是江南第一燕，为衔春色上云梢。"

我战栗了一下，倒不是因为"江南第一燕"中的豪情，而是一个烟火气十足的"衔"字。

这个柔韧的常州人真的预言了自己的命运，就在一个"衔"字中。

这"衔"的坚持，这"衔"的放弃，这"衔"的苦涩，这"衔"的无言，都因为一只高傲的燕子。

这只高傲的燕子最后还是回到了故乡的烟火气中——

所以，烟火常州，是这个茫茫人间最值得信任的奇迹。

第四辑　纸上的忧伤

我家的乱书已成小山，我还有一副书生的倦眼。

究竟是书灌溉了我，还是我的倦眼灌溉了我的书？

这已不重要，后来，我把纸上的忧伤酿成了一杯美酒。

泪水浸湿大地

在广袤的俄罗斯大地上，散文的骏马无疑是出色的，譬如蒲宁，譬如普里什文，譬如帕马斯托夫斯基，譬如洛扎洛夫，每一匹散文的骏马都会把我们带向未知的美丽的俄罗斯草原深处，成为大自然的日历，成为一筐一筐的落叶，成为林中水滴或一朵带露的金蔷薇。

而阿斯塔菲耶夫却与他们不同，他带领着我们一起去生活的这座大森林中砍树号。一开始便是疼痛的，其实，人生的记号何尝不是用疼痛一斧头一斧头砍下来的呢？我不知道我们的一生要砍下多少树号才能不至于迷路，才能品尝到孤独中的甘甜。在集权生活中的心灵如何保持一种疼痛的晶莹？读完了这本散文选，我仿佛看见了阿斯塔菲耶夫在他的西伯利亚大草原的深处引吭高歌："田地恬静，向信赖的心敞开。""啊，罗斯，你在淡紫色的烟尘中又哭泣，又歌唱。""天空，它虽然忧愁和痛苦，却一直念念不忘人间和痛苦，麦田上空霞光闪闪。"我知道，跟着阿斯塔菲耶夫不会迷路，所以，他把他一辈子的作品集取名为《树号》，而他留下的树号却像蜂蜜的斑点一样闪着亮光。那些像萤火虫一样的斑点啊，总时时在我面前浮现。每当我遭遇挫折或心情忧郁时，我想起的是我读过的几篇文章，例如巴金的《灯》，例如柯罗连科的《灯光》，例如冰心的《小橘灯》，此外还有阿斯塔菲耶夫的《树号》，那树号与那些灯一样生动而友善，引导我，召唤我，继续走向生活的深处……

"多少人认为这是苦难／他对把苦难变成了音乐！"安年斯基这句诗仿佛也是为阿斯塔菲耶夫说的。饱经坎坷的阿斯塔菲耶夫最终还是把泥泞坎坷的人生之旅化作了牧歌，他始终把目光关注在土地上，他深情地对我们说："土地从来不出卖我们，从来不欺骗我们。它是我们的乳母，它宽恕一切，它也从来不记恶仇。"即使遭遇了战争，遭遇了饥荒，遭遇了人祸之后，阿斯塔菲耶夫仍然在他的晚年之作《俄罗斯田园颂》中写出了包括小黄瓜、黄耳朵的向日葵、沉默又劳苦功高的马铃薯等蔬菜、草木一百二十种，家畜家禽、飞鸟昆虫、鱼类七十多种，他写出了二十多种颜色，写出了十四种声音，甚至还写出了鱼的声音。看似平凡简单，实则高尚博大。正是由于对俄罗斯大地和人民的热爱，阿斯塔菲耶夫才出色地把苦难转化为田园交响曲，并一直将这激越清凉的音乐传递到我耳边。

每天清晨，当我推开我的木门，我面前的大地便带着水香、泥香和青草香的气味来拥抱我——是的，大地刚刚醒来，此时此刻，我总想起阿斯塔菲耶夫的话："确信大地和田野、飞鸟和森林、天空和天体之光永远不可分割。"潮湿的大地仿佛是我们的梦想、泪水和爱浸湿的，而大地对我们的恩情仿佛是霞光和泪光闪闪。

心灵的碎银遍地

文学史上有一个很奇特的现象，也就是一种碎片或片断式写作方式，比如孔子，比如赫拉克利特，比如卡夫卡，比如卡内蒂，比如克尔凯郭尔。这种写作方式似乎更见作者的内心，也昭示了一种未完成，昭示出一种无限可能性。推开这类书的大门，就像见到了"交叉花园的小径"，这比起那种体系性强的写作更富有吸引力。比如卡内蒂说起《钟的秘密心脏》中一个片断，只有十个字，但光芒四射。他说："留存的群山，恐惧的空碗。"这句话胜过十本庸书。

今年春天，我手头就有了一本好本，书名叫《落叶集》，共两辑，作者洛扎诺夫却把它们分别称为"第一筐"和"第二筐"。多有意思的书啊：一个从小崇拜陀思妥耶夫斯基的孤儿；一个娶了比自己年长十六岁的陀思妥耶夫斯基情妇的文学少年；一个在不幸婚姻中挣扎又由于宗教和教育问题而得罪了世俗和教会的文化狂人；俄罗斯白银时代文化品格的塑造者……我知道，一个说话断断续续、一连用了三年时间拾完"两筐落叶"的人比沉默的人更有力量，他用不可阻止又欲说还休的姿势表现了他内心的痛苦。他说得那么费力，又说得那么真诚，他是一个真正做到以"我手写我心"的作家。

翻开"第一筐"的第一片落叶，洛扎诺夫这么写道："我曾认为，一切都是不死的。所以我唱歌。／而今我知道，一切都有终结。于是歌声止息了（已经三年了）。"很平实的一句话，一下子让我听到了洛扎诺夫的"声音"。能在打开一本书后读时听到作者的声音是多么幸福的事，而洛扎诺夫正是这样真诚的作家，他的多汁液的句子令我们在阅读时饱吸他思想的乳汁。比如他在马车上的自言自语："上帝用一只沉重的熨斗熨人……熨平心灵的皱纹……所以人们说：惧怕上帝吧，不要作孽。"我阅读到这片落叶时感到了马车的颠簸。比如读下面一句话时我听见了他的叹息声："我还得活两年（跟印刷厂结账，还银行贷款）。"比如我读到一九一二年十二月二十四日，在诊所，孩子母亲身边，洛扎诺夫拾完了他的"第二筐"的最后一片落叶，我看到了洛扎诺夫那自信的微笑："……我爱这世界的乳头，黝黑，芬芳，周围略微带点儿汗毛。我用双手把着这柔软而富有弹性的乳房，世界的格拉维兹那遥知我的存在，保佑着我。"拾完这两筐落叶后，洛扎诺夫在孤独寂寞和贫困潦倒中溘然长逝，时年六十三岁。那是一个寒冷的初春，冬天还没有过去，春天还在路上，但俄罗斯大地又给人类贡献了一盏路灯。那个高举路灯的人，正是那个捡拾两筐黄金落叶的人，他把他的痛苦锻打成片片黄金，然后就乘上月光马车远去。我们可以看到这初春的泥泞、残雪或者罪恶的乌鸦围剿那两道车辙，我们也可以看到那心灵的碎银遍地闪烁，那个背负着两筐黄金落叶的老头正回过头来对着我们微笑："浆果好，但烟卷更好……第二筐也是最后一筐。"

梁小斌的钥匙

　　五年时间（一九八六至一九九○），两本笔记簿（一本硬面抄，一本软面抄），二十万字的内心记录（无标题，无序号）。我不知道梁小斌穿越了一段什么样的隧道才抵达新的世纪，然后捧出这一本《独自成俑》，是不是如他在《思想》这一页上写下的两句话：

　　　　手上有一根刺，使我不得不回忆这只手今天抚摸了什么。

　　作为在中国思想史上划过绚丽朝霞的朦胧诗，如今时过境迁，从边缘终于走向了中心，走进了正统的文学史。与之相关的一些诗人已经在优哉地享受"青春的利息"。但有一个人不，他就是梁小斌，最具生命力和冲击力的梁小斌，自从他写完堪称朦胧诗代表作的《中国，我的钥匙丢了》及《雪白的墙》后就一下子又坠入了生活的底层。曾在合肥生活了一年的庞培说过梁小斌的情况，他把认识梁小斌称为二○○○年最大的收获，他把梁小斌仍然思想着写作着称为中国诗坛的奇迹。梁小斌这本厚重的《独自成俑》，可是做过车间操作工、绿化工、电台编辑、杂志编辑、计划生育宣传干部、广告公司策划的梁小斌的内心笔记簿啊。很多人都无法想象梁小斌淡出文坛、湮没市井的十五年，但即使是他生存最艰难的时期，他也从未放弃过写作和思想，他走出了一条艰辛而寂寞的思想者之路。

"他认为他有几次似乎已经开始结冰了，但他始终没有完成，他迄今仍是汹涌奔流的江河。"（《未完成》）是的，梁小斌依旧是一条汹涌奔流的江河，他像圣埃克苏佩里笔下的小王子，来自遥远的星球，但他的确于世俗于生活做出了傲慢的选择，他像一块普通的石头隐藏在喧闹的海潮与泡沫之下。诗人希尼曾说出他对于爱尔兰的挖掘，对于霉烂的土豆在冻土层下的挖掘，他听见了潮湿泥炭的咔嚓噼啪声，听到锋刃粗率地划过活的根基的声音，他决心用食指与拇指之间"矮墩墩的钢笔"来挖掘。我读完《独自成俑》，便惊讶于梁小斌的挖掘，对于合肥十五年的挖掘，这种老老实实忠于文学的挖掘使梁小斌从出色达到了卓越。

有一段时间，很多人都认为梁小斌不写诗了，包括当年的文学院，认为梁小斌自从"钥匙丢了"之后就再也没有什么作品了，因此就拒绝其进入文学院。用梁小斌自己的话说，他恰恰就在别人的拒绝中开始了他卓越的思考，他用红色塑料桶等待漏水也等待思想的激越；他给孩子洗完尿布然后在一支烟中反思日常生活；他甚至在他父亲指责他为"寄生虫"时开始了思考……其实，他或长或短的暗示与阐述已构成了一个巨大的喻体。

　　一块巨大的石头从山坡上滚下来，我不会问这是为什么？只有当这块大石头砸到我的头上，我才终于抬起头来，这究竟是怎么回事？

最本质的东西通过最朴素的语言自动呈现，恰似一只非洲的虫子被针刺十年后才有反应。梁小斌默默写下了他的生活研究，紧张的梁小斌、从容的梁小斌、不安的梁小斌、羞愧的梁小斌，都在这本厚达三百页的思想笔记中了，这何尝不是梁小斌的诗呢？梁小斌这样说："我是中国人。我背负着这个不能简单地大而化之令其丰润的骨架；像人要忍受思想重负那样，因而也应该承担思想的包袱和焦虑的煎熬。此刻，心灵稍有迸散，背上就是枯骨！"

　　是的，心灵稍有迸散，背上就是枯骨。梁小斌先生通过《独自成俑》把我们丢失已久的灵魂的钥匙又交给了我们。

炒米茶里的砂石

　　过了五十岁，在山东范县吃厌了山东大葱和锅盔的郑板桥没有想念扬州的伙食，这对于爱上扬州的艺术家是很不正常的。"人生只合扬州死"，对于扬州的爱中肯定要包括扬州美食的，然而郑板桥却拼命地怀念童年的味蕾，就像普鲁斯特怀念他的小点心，郑板桥怀念童年的食谱："先泡一大碗炒米茶送手中，佐以酱姜一小碟，最是暖老温贫之具。"

　　我不知道郑板桥在给远在兴化的郑墨写这封家书的时候有没有流口水，我读到这里的时候嘴巴里突然涌出了很多舌津。这炒米一定是放老瓦坛里的，用童年的小衣服塞得紧紧的，不漏气的，一点也不"嫩"的，而酱姜也是东门埭田上刚刚和生姜秆脱离不到一个时辰的紫皮嫩姜腌制而成，嚼到嘴里还是那么脆生生的。这是郑板桥的第一等食谱，是属于下午的晚茶。

　　而郑板桥想象中的早餐食谱也和扬州的"皮包水"绝对不一样的，"皮包水"是有闲阶级的，而郑板桥所说的早餐是属于一年只种一次沤田稻的兴化农民。童年的味蕾继续在郑板桥的"乱石铺街"的六分半书中芬芳开来。"咽碎米饼，煮糊涂粥。"有稀的，有硬的，兴化人会过日子，用木磉碾出来的米，必须经过东门竹巷里的新做的竹筛过一下，整米进米缸，碎米去小石磨磨碎，再次经过碎米筛，能够过了碎米筛的米粉就是做米饼，而无法过碎米筛的就是糊涂粥的原料了，文火在灶下煮，碎米粉一层一层地洒，上好的糊涂粥完全可以看出一个主妇过日子的水平。郑板桥所说的糊涂粥一定是煮得相当"糯"的，否则也不可能让与雪婆婆同日生的麻丫头（郑板桥的小名）如此忘形——"双手捧碗，缩颈而啜之"。样子相当不雅，但是实用，可以把沾在碗边上的糊涂粥全部舔干净，而且在那个"霜晨雪早"的季节里，碎米饼和糊涂粥正是抵御严寒的好方法。从这段文字里，我看到了一个用舌头舔碗的郑板桥，也许正是童年的舔碗经历使得郑板桥的舌头变得非常灵活，也使平民歌谣极致的《道情》歌喉变得如此浑壮，就像是从大地上直接长出来的。

小时候我就和我的母亲做过碎米饭，学煮过糊涂粥，我小时候喝糊涂粥的样子甚至比我的同乡更为不雅，因为城里来的先生经常讨厌我的"拉挂"——基本上每天的鼻子上也吃到了糊涂粥。而炒米却不是我们所说的"大米膨胀机"里出现的炒米，那是需要在铁锅里慢慢炒出来的。而炒米的制作又需要砂石的，没有砂石，炒米不是炒不出来，就是炒得焦黑。后人常常为了郑板桥喝什么酒而争执不已，他们为什么不去开发一下板桥最喜欢的炒米茶和糊涂粥呢？

待客的炒米茶，待自己的糊涂粥，这是平民诗人郑板桥提供给我们后人的食谱。很多人都在说糊涂，难得糊涂，谁能够难得糊涂，没有吃过糊涂粥的人是配不上谈糊涂的。你要知道，那糊涂粥里有筛不尽的稗子壳，那炒米茶里有与生俱来的砂石，正是那么多的稗子壳和那么多的砂石进入了童年板桥的胃，它们才像贫穷、歧视和冷遇一样，完成了郑板桥惊人的才气和出了名的怪。

白上之黑的无限

惜墨如金的人很多，但真正像毕飞宇这样"吝啬"文字的不多。比如已经成为短篇小说经典的《是谁在深夜说话》，仅仅四千多字，恍如南京的云锦、巧夺天工的织物。

用云锦比喻毕飞宇的小说还有点不恰当。小说领域的这十年，一个名字被人反复说起，这个人就是毕飞宇。也许毕飞宇来自水乡泽国，所以这十几年，毕飞宇的小说就像神奇的息壤一样，在如洪水一样的文字中，不但没有被湮没，反而在有意无意的湮没中越来越坚定，也越来越辉煌。

毕飞宇已成好小说的符号，也成为读者的焦点。

有人说读他的小说就像是在夏天里吃冰激凌。

这是阅读的感觉。但小说是份手艺活计，可以说是白上之黑。这白纸黑字的东西对每个人都是一种考验。谁能够有足够的力量保证那白上之黑的生长？

这些年，只要和文友们在一起，作为毕飞宇小说的爱好者，我们总是要谈起毕飞宇：他和他的小说。因为他的独特，因为他的优秀，让人羡慕，也让我们说不清楚地佩服。总而言之，我们心甘情愿地被毕飞宇的小说"俘虏"了。一位北方作家对我说，他当年读《玉米》，仅仅读了一半，就把书一扔，感叹地说："有了它，我们还写小说干什么？"

毕飞宇已成了年轻小说家的榜样。

榜样是用来学习的，也是用来赶超的。研究毕飞宇的小说就成了我们的当务之急。但结果是：在外国文学的岛屿中，找不到毕飞宇的落脚点。

这好像有点窥视欲的味道。其实，在当今文坛，有一个奇怪的现象不能不说，中国当代有许多好小说家，他们为我们贡献了许多好小说，但在这些好小说中，似乎都能在外国优秀小说家的岛屿上找到一些树，一些草，甚至有蛛丝马迹。也就是说，会找到可能的师承——这不足为奇，这就是影响，可以作为影响的焦虑，也可以作为影响的因果。每个人的走路都需要支点，能够找到支点并能够健步如飞的就成了优秀作家。

——就看你能不能把文学的胎衣埋得很深很深。

用另一句话来说，看你的消化能力，对汉语小说的传统，对可能的文学遗产，对当代的消化能力：每一个手艺人都会找到属于自己的汉语之光。因为小说的湮灭是可怕的，作家唯一可做的就是完成自己。

毕飞宇的生长轨迹似乎和中国其他优秀作家一样。先是先锋，然后再蜕变，再找到自己的那个地方。

但毕飞宇在先锋里的时间实在是太短了，短得几乎没有痕迹。就像一个在操场上写字的人，写着写着，他就写过了围墙，写到田野里去了。

有人说，中篇小说《叙事》是毕飞宇的先锋。我觉得，那是先锋的另一种可能，也是毕飞宇小说中最值得重新研究的小说。这《叙事》中，可以找到后来的《是谁在深夜说话》《青衣》，也可以找到后来的

《玉米》，更可以找到后来的《地球上的王家庄》，找到后来的《平原》《推拿》。

但毕飞宇不是自我重复的人，他与生俱来的"息壤"品质，就决定了他是"自己长自己"的小说家。

现在看来，《叙事》其实也不属于先锋，也不是集大成，它是一个转折点。在《叙事》里，毕飞宇展示了烹饪文字的另一种技艺。年轻的《叙事》是毕飞宇自己也无法逾越的一种可能。也许他自己也意识到了这一点，所以毕飞宇就开创了另一种可能，也就是另一种现实。

"息壤"的成长是需要力量的。毕飞宇有他的哲学准备，这哲学准备是许多作家无法准备的。毕飞宇有强大的消化能力，他的那种想象中国的方法属于最沧桑也最忧郁的汉语。毕飞宇回到中国的大地上，他的撤退令许多朋友不快。有人说他从先锋中撤退得太早了，也就是说他老了。

他承认自己老了。

毕飞宇的回答没有掩饰。一旦没有掩饰，那毕飞宇的内心就无比强大。他有他的自信，使得他一步一步地走到了小说等待他的位置。

强大的还有他的文字。每一个优秀的画家都解剖过人体，每一个优秀的作家都解剖过优秀小说。他像一个技艺精湛的画家。小说的一切他都爱惜，并且成了习惯。他把所有的能量全部集中到小说中了，比如他每天的举重锻炼（献给小说以最好的体力），比如他的专注（献给小说以最好的技艺），比如他的简单生活（献给小说以最好的精力）。息壤的生长永不停息，直到他长成了毕飞宇的一切。

从《哺乳期的女人》《地球上的王家庄》《写字》《怀念妹妹小青》《白夜》《蛐蛐蛐蛐》，到《青衣》，再到《玉米》《玉秀》《玉秧》。就拿《玉米》来说，文字的松弛有度，简直成为众人叙说的风景。

简直就是小说给我们的大惊喜。

找不到外国文学的师承，后来有人就说那毕飞宇的小说里面有《红楼梦》，有张爱玲，有白先勇，有王安忆。但都不是，毕飞宇只是毕飞宇，恰如北斗不是启明。

每个文学家的因果都是有特定的。一步，一步地走向枝头，那延续的果实不是你选择了它，而是万有引力把果实打到了你的头上。

毕飞宇修成了中国汉语小说的正果。

有人说他是幸运的，其实不是。从先锋中撤退下来的毕飞宇就站在一棵很"中国"的树下，也许是土生土长的"七十年代"的树，也许是在九十年代锈迹斑斑的"八十年代"的树，或者这棵树，就长在王家庄，苦楝，抑或榆树，他在"树"下站了很长很长时间。

那是在夜晚，在白天之外的黑夜。毕飞宇总是在深夜里写作，总是在深夜里"走神"，在夜晚再看白天的喧嚣，在夜晚再看白天的灰烬。他在闲庭信步，其实胸中有千军万马。小说的节奏、走向、长短，叙述的干涩、厚薄和冷暖，还有小说的肌理，毕飞宇处理得那么细致和饱满。这样的工笔的辛苦是怎样才能达到呢？

所以，每一个黑夜里的毕飞宇走在白纸上，那实际上是在保持和现实的距离，也是和作家的距离，也是对南京以及当下的走神。这种距离使得他有了一种超越，那是对现实机警的超越。

所以毕飞宇的小说最不像谁的小说。

但却是汉语文学的正果。汉语小说的长廊上，那么多的神奇，还有那么多的人物，那是怎么样的梦啊？又是怎么样的现实？

写《玉米》的那几个月，毕飞宇简直丢掉了一切。他写得那么累，又是那么的快乐，《玉米》的每一个人物都在纸上走动。王家庄啊，有福的王家庄。王家庄是什么？王是中国最大的姓，整个中国都是王家庄。

说到底，还是毕飞宇摆脱了自己的焦虑，他愿意被一个人物苦苦地纠缠，那么多的人物就在纠缠中活了过来。他从最中国化的叙说中让汉语小说达到了宽广、丰满和健康。

比如《青衣》中的筱燕秋，那哪里只是青衣，根本就是经历过黄金八十年代的我们。她是八十年代纯情诗人在物质主义时代中的代表。不甘的人，不甘的心。读完之后，从未有过那样巨大的艺术力量撞击我们，青衣就是我们自己。溃不成军的理想啊，还有疯狂，现在到什么地方去了呢？你想不想再找回来呢？

臣服，已经好久没有了。

我们都有自己的生活，但我们总是想把自己的生活在创作中给漏掉，或者过滤掉。但毕飞宇不。画家说："我的每一幅画中都装有我的血，这就是我画的含义。"放到毕飞宇的小说里，同样适用。他对人生的百态充满了兴趣、关注和信心，他对"人"充满了关注。

其实毕飞宇就是以小说为宗教的人。

好小说就是珍惜的回报。

好的小说都是有体温的，体温下面是有血的，这血都是优秀作家在你身上血的再版。鲁迅贡献了《阿Q正传》，阿Q在我们的灵魂深处，那《青衣》中的筱燕秋又何尝不是我们的另一个名字，或者是月亮下的影子？你否定不了的，骨子里的那份固执，也是我们的命根子。

每个小说家都有自己的雄心，毕飞宇肯定也是有雄心的。比如《平原》，那里面的爱与恨、扭曲与灼热，有人不愿意正视，平原其实就在当下，也在王家庄的风中水中土中。端方就是我们的同事、领导和儿女。

还有玉米呢？

玉米是王熙凤吗？玉米是尹红艳吗？是曹七巧吗？可能都是，又可能都不是。

玉米就是我们的食指，指到哪里，哪里都是疼痛的食指。还有施桂芳，我们疲惫的大拇指。王连方，我们不堪的中指。玉秀，我们的小拇指。还有玉秧，自生自灭的无名指。一家子，伸开来，是一个命运线交叉的巴掌，缩起来，是一个骨头与骨头较量的拳头。

————它砸在我们沉睡已久的额头上。

还有语言，毕飞宇的语言与莫言的语言、苏童的语言、王朔的语言，都成了汉语小说的贡献。

当然还有细节。比如《地球上的王家庄》中的地图，还有《玉米》中的嗑瓜子，《白夜》中那只苏格拉底的猫，《是谁在深夜里说话》中的明城砖。随便说出哪一部小说，里面的细节都是信服的精心，随意的真诚……经典的，也是最恰当的。在《相爱的日子》里，我们爱得那么热闹，却是那么荒凉。那里面的宇宙感超过了《地球上的王家庄》，荒芜的不是那对爱的人，而是象征了我们周围的世界。越是热闹，越是荒凉。那是一片荒原，和艾略特诗歌中一样的荒原，预言一样地来到了，我们就在荒凉的拥抱中取暖。

还有我特别喜爱的《家事》，这是一篇二〇〇七年度非常出色的小说，通过我们生活的子宫生下的儿女们，我们就在他们的身边，但他们视而不见，他们找不到我们，反而满世界盲目地寻找。表面上，只是写了中国人的伦常的消解。但不仅仅如此，它的价值其实不亚于当年的《班主任》。

因为那里面真的洋溢了汪政先生所说的"短篇精神"。

我突然想到了另一个根深叶茂的老毕：毕加索，两个老毕是何其地相似，都是会生长的人，都是根深叶茂的。

所以，有了毕飞宇，那白上之黑就有了深不可测的无限和未来。

一只酒酵馒头

有的小说是碗刚刚熬好的小米粥，真性情，真味道，比如孙犁的小说。

有的小说是面包，那么多的添加剂，已经品不出真味。

而赵本夫的小说呢？

有人说他的小说语言朴实，题材奇特，富于韧性。

也有人说他是大智若愚。

从《卖驴》《绝唱》《天下无贼》《空穴》《鞋匠与市长》，再到《斩首》，赵本夫的短篇小说意蕴丰沛，既可读亦耐读。

我以为，赵本夫的小说是有筋道的酒酵馒头。

没有任何弯弯道道的添加剂。

有的是文字的酒香和面香。

小说一开始就写虫叫。虫为卑微之始，它的声音在卑微的人心中，亦没有回声。一辆囚车载着匪首马祥开始北上。北方为上，南方为下，由下往上走，越往北，困难越大，所以，向北走的囚车是小说的开始，也是小说的推动力。

"这是他没想到的"，小说家在这个恰当的时候，祭出了一根木刺，悄然戳破了"依然牛气"的马祥的自负，多么细心而缜密的叙事。而作家的笔快得像一把好刀，好作家就是该简笔就简笔，以"思考如何死场"作纲，举重若轻，担起匪首的长历史。匪首所期待的斩首之路与官兵给予的斩首之路迥然相异，匪首的破口大骂与好脾气侍候的押解……这些，都是叙事的"小张力"。小说家的慧心，就在无处不在的"小张力"之中。"小张力"越多，小说就越是饱满。后来，在三更天，野洼地，黑暗中的一排人，闪着寒光的刀影，还有这些没有面孔的人的出现和消失，一下子把匪首马祥的"根"与"土"连接起来了。当今的许多小说，尤其是网络小说的短处，是人物无"根"，亦无"土"。有根有土的叙事才能汁液晃荡。其实，这也是小说的逻辑。好的小说，浸满作家匠心的小说逻辑总是像青藤一样缠绕。讲义气的"他们"的面孔是模糊的，却令匪首马祥的形象越来越清晰。否则怎能叫匪首呢？优秀的小说家，都是用"侧光"的"照相"高手。到了地牢处，故事就进入了窟窿而不是进入胡编乱造的穿越，这是好小说的力道。好小说到最后都应该进入一个想不到的窟窿，在那个有限的黑色的窟窿里，越能体现小说家的真本领。这和《天下无贼》一样，人性的光亮是一点点渗透出来的。这就是小说家的厉害之处，人性的光亮渗透之时，也是既定的命运崩塌之时。

请听赵本夫先生自己说这只"酒酵馒头"的发酵过程。

这篇小说仅有几千字，却孕育了五年之久。数年前曾去汪曾祺先生的故乡高邮县，参加纪念汪先生的一个活动。其间在高邮参观，看到一片青砖灰瓦的旧房子，是高邮的古驿站。高邮是汉置县，早在先秦时已是驿站，高邮即因此得名。在全国以邮驿作县名的只此一处，可见高邮驿站之古、之重要。后来又去过两次高邮，每次都要进去看一看。古驿上似乎有一个气场，流连其间，会令人渐生苍茫之感。仿佛时光倒流，岁月历历，可以说，驿站作为古代驿使和来往官员、差卒暂住和换马的处所，从一个侧面见证了几千年的中国历史。在这个小小的偏远驿站，曾经发生过多少故事？没人能告诉我，但我相信，这个驿站应该有故事也肯定有故事的。在这之后的几年，我会时不时在脑海里翻捡出高邮驿站那片古旧的房屋，于是，终于有了《斩首》。

原来是一只用五年时光的酒酿做成的馒头！

这是小说家最可贵的沉默的坚守，也是最值得珍惜的踏实挖掘。赵本夫说过："我的小说卖的是血不是水。"他不怕被视作土气，他的作品中充满了迷人的土腥气。其实，每个小说家都有自己的野心，而赵本夫的野心都藏在他的勤恳劳作中，如同一颗老辣椒的野心。在黄河故道这片古老的土地上，他猜摸着古老的人性。在这片古老的土地上，他挖掘出最温暖的人性，所以，他的小说中有心跳的声音和节奏。所以，好的作家永远心怀善意。一个残忍的匪首，一个冷酷的押解，还有一个任务，斩首，连冻土也解冻了。简洁，却丰富。枝枝蔓蔓，摇曳生动。

好的馒头，是熬饥的，是充实的。

比如这篇《斩首》，唇齿留香，滋味悠长。

隐忍在斑驳之城中

忧郁的南京城总是深不可测，那么长的城墙，那么多的作家，比如租住于明城墙边多年的毕飞宇，为明城墙写了篇《是谁在深夜说话》。我以为，这篇令人惊艳的小说，写的就是贾梦玮，那个游走在南京大街小巷、逡巡于民国公馆的那个穿民国长衫的贾梦玮。

说贾梦玮的"民国长衫"，其实是我对他多年执着于探究民国的主观印象。从《往日庭院》，再到这本《南都》，贾梦玮的视线从未离开过这座注定收容过他的古城，古城南京似乎在等着这个传奇青年。一个没有上过高中的农村少年，通过自学，考取了南京大学研究生。梧桐树影婆娑，秦淮河水静默，它们见证了什么，又收藏了什么？他已历经生活沧桑的目光一旦与古城相遇，其厚重，其斑驳，已不会离开他的视线。

被母亲的诗歌惩罚长大的他从未说过他的野心他的渴求，但穷苦又有担当的他是如此地热爱读书，少年时就着煤油灯读书的习惯，所有的书都是做苦力的钱换来的。跨进南京城门后，还是阅读。上班下班，总是地铁上来回两个小时铁打不动地专注阅读。阅读古书中的南京，阅读藏匿在民国史中的南京。从他的教室可以眺望到那座闻名于南都的南京大学北大楼。这座建于一九一七年的塔楼体竟是明城墙砌就的，由土成砖，由砖成墙，由墙成楼。在历史的明暗之间，一道光的缝隙，成了一道惊心的闪电，照亮了他走向南都的秘密通道。

他从赛珍珠故居出发，再到拉贝故居。从张爱玲的祖宅出发，串起了一部中国近现代史。男人与女人，老屋与老树，贾梦玮的每一次挖掘，都那么坚决而孤独，如同文德桥上的半个月亮，另外的半个月亮已被他夜读的身影遮蔽。六朝古都，就是六层考古文化层。六层，甚至更多叠压、打破及平行的文化层面都纠缠在贾梦玮的视线里。这样的相遇是如此心碎，又如此迷人。

——这个深夜里说话的人，深夜里阅读的人，深夜里表达热爱的人，把这座城的气质归结于两个字：南都。南都是遗弃在京都之外的古都，是带有偏旁的古都，是被记忆努力浸润又被遗忘无情侵蚀的古都。其隐忍的气质是古中国文人的气质，也是破碎山河养育的气质。所谓江山易改本性难移，南都的本性总是这样，就像那座大报恩寺，众物毁灭，舍利却一粒未丢。

"……那些温馨和美好、张扬和放肆、落寞和苦索、无奈和参悟，此时此刻，都与河水一道，潺潺而来，怨而不怒，哀而不伤。在旧日旧事中捡拾淘洗的历史，不仅有着沧桑的面容，更有清晰的年轮、流淌的血脉。"这是李舫先生的判断。那些捡拾，那些淘洗，都是贾梦玮的自觉。姚鼎的南都，陈立夫、陈果夫的南都，陈布雷的南都，无枫堂中徐悲鸿和蒋碧薇的南都，以及宋美龄的南都，在贾梦玮的笔下，是那样的清晰，又是那样绝望。因为《南都》这本书，在现在我们已被所谓的现代性污染了的眼中，不是那堵黑夜里沉默的城墙，而是雨季里"龙吐水"的城墙，那墙吐出来的"龙水"，洗涤了多少舌头，又冲过了多少牙齿，既惊险，又惊喜。那些如栅栏般的梧桐，原来又叫凤凰木。那个叫贾梦玮的好编辑，原来是一个民国书生。

其实，无论他得到过多少表扬，牵挂此岸又牵挂彼岸的贾梦玮依旧会不动声色地阅读着，书写着，他的身上有着和南都一脉相承的隐忍。他是站在斑驳之城上的书生，是眺望着破碎山河的书生，更是南都的忠臣。

他是这人间最安静的观众

这年头，"有人学习造桥，有人学习造船"，诗人胡弦却在"裂隙"中向后走，穿越无数光年，在破败的山水间写下他的沙之书。

　　——有兰花指，未必有春天

　　有小丑，则必有欢乐

　　有念白，天，也许真的就白了。年月

　　长过一代又一代观众，却短于

　　半个夜晚。万水千山仍只是

　　一圈小碎步，使苦难看上去

　　比欢乐更准确

记不清是哪一年了，我震惊于这首《剧情》——到现在重读依旧如沸油般滚烫，你看不出这油有什么温度，可其内部，如活跃的火山口！

"回过头来，看见他用手按着肚子。/ 是的，阑尾是多余的，/ 但疼痛

不是。"(《去医院看雷默》)

"长案上，青菜绿，萝卜白，/ 不解痛苦的豆腐是软软的，是方的。"
(《冬天的菜市场》)

"春来急，屠夫在洗手，群山惶恐 / 湖泊拖着磨亮的斧子。"(《春
风斩》)

这是用"磨亮的斧子"对《沙漏》断章取义的阅读。庸常的生活已
把我们变成了"不解痛苦的豆腐"，虽然还拥有着"方"的形状，但却是
"软软的"，就像那只倾听沙漏的蚂蚁，搁在生活中的"蚂蚁"，和我们一
样，有着软软的肚子。

"我本修行人，三世积精炼。中间一念失，受此百年谴。"我以为，
当下诗坛缺少一门研究诗人生命力的功课。在通向峰顶的路上，有些诗
人从悬崖坠下，有些诗人在密林中迷路，有些诗人索性原路返回。而作
为六〇后诗人，胡弦进入诗坛很晚（大约是九十年代初），到了新的世
纪，他果断舍弃了令他收入颇佳的散文写作，苦行僧般练习和完成自己，
就像诗人奥登所说的："在语言的习惯中持续不断地熬煮。"

"太多的人已在岁月中走散 / 带着预感和祈祷的低语。"(《采药人》)

"蛇，从一大堆假肢中抽回软骨。"(《轻寒赋》)

太多的人走散，其实就是太多的作为满足，一首诗还没有完成，就
有了硕大的帽子，将缺钙的身躯巧妙地掩藏。没有进入青春期诗歌写作，
对于胡弦反而不是憾事，他的诗歌渐渐露出了僧衣的青灰，或者，他就
是前世犯戒的禅师。

"残缺者，要替不在场的事物，/ 说出其意义。"(《博物馆》)

"夕阳是苦行僧。柔和的光，/ 在认识黑暗时更有经验。"(《古寺》)

"小艺术家和大艺术家的区别就在于他们有无进化。"作为诗人，降
临到这个世界上，有人完全忘掉了前世的犯戒，而胡弦不，他在晦暗之
处寻找，他的失眠症，他疯狂的烟瘾，都在寻找前世之罪的途中。古老

的岁月，溃败的山水，他的冲刺长诗的梦想和实践，《葱茏》《雪》《寻墨记》完全可以佐证他在荆棘中行走的坚定。《葱茏》十二章中，旋律、节奏、力度、音区、和声、复调等多种技法的应用，令我惊叹。而极具现代性的长诗《雪》，由"序曲"、第一章"色识"、第二章"钟表滴答"、第三章"转换"、第四章"形辨"、"尾声"组成，总共六章，最缓慢的是第二章，最快的是尾声，前面是波澜，后来是寂静，雪慢慢地覆盖，是冰凉的，也是空虚的，宇宙。

"一首诗写出后，它会有自己的遭遇和命运，我一般不为自己的诗辩护或做说明，我相信诗歌是自明的。"

这是胡弦在接受腾讯书院诗人奖之后的感言。不辩护，不说明，他内心的山水起起伏伏，在大家沉睡的秋天里，诗人胡弦"守着雪，和雪的寂寞"。到了长诗《寻墨记》中，胡弦已部分实现了其诗歌理想，他的诗歌线条和色彩在忧郁岁月的浸润下，如敦煌壁画一样，把肉色的部分完全消解掉，成了黑色、铅灰色和褐色。

——黑色、铅灰色和褐色，是《沙漏》的颜色，更是当下最为缺失的古朴中国的颜色。这是"一念失"对于诗人胡弦的警醒，也是"百年谴"对于诗人的命令。

他听到了，所以，"他是这人间最安静的观众"（《古龙寺》）。

口袋里的真币

这十几年，我总是在阅读潘浩泉先生，从《世纪黄昏》到《幸福花决心要在尘土里开》，还有夕照青山般沉静的散文，真的是仿佛歌声，仿佛心跳——但真正理解潘浩泉先生的是著名评论家黄毓璜先生。黄老师给《忘忧草》作的序，真是令我感慨和羡慕（我有很多年没有为一本书的序感慨了），这两个老朋友，坐在云卷云舒的岁月庭院里，低声交谈着，一朵忘忧草灿烂地听着。

——两个老朋友，像两棵树，风吹过，树叶哗哗，而老树根沉默，他们缠绕在一起，成为地下的树根，就像写《忘忧草》这本书序文和正文的两双手的紧紧相握。

"也不妨说是一种'唤醒'的力量，它唤起我们被时间尘封、为空间阻隔的记忆，唤醒我们被习见所麻木为庸常所催眠的良知。这种力量是'缓释'的，慢慢也久久，轻轻也深深。"

唤醒，这就是文学的力量，更是语言的力量。中国的作家中讲究语言的很多，但对语言真正做到自觉的作家不多，潘浩泉先生就是。他们每次掏出的都是口袋里的真币，从每一个日子里提炼出来的真币。从《古镇》到《世纪黄昏》，再到《幸福花决心要在尘土里开》，谁能预料到呢，潘浩泉先生又拿出了一篇《二舅舅》，真正达到了艺术的化境。

人生在世，最大的无奈也许就是得向前走，离开童年，离开故乡，离开母亲，做一名游子。游子回到故乡看望慈母的方法就是回忆。从这个意义上说，《忘忧草》就是一部温情和哀怜的游子回忆之书。母亲熬制的一碗腊八粥，上面厚厚的一层粥皮。母亲的通关手打下来不疼，而多年之后，命运的通关手打下来，疼痛的已经不是岁月，而是一个赤子的虚幻。母亲在世界上走了一遭，留下了她自己也认识的名字。在得知自己添了孙女之后，清晨的小镇上，母亲在浓烟中努力地点着煤炉。那煤烟，至今还在萦绕，还在把我们的眼睛熏湿。没有母亲的日子，没有母亲的孩子，在这个世界上行走，如同母亲为了子女饥饿的肚子而空旷下来的右耳。那空旷其实就是人生的空旷，没有母亲的孩子总是在黄昏的时候走过空旷的广场，他在用他低头刻下的字、用字中浸透的怀念来填写那人生的秋园。

填空的人生，也是减法的人生。每一次填空，每一次减法，于潘浩泉先生都是那么珍贵，这珍贵的背后就是他对于文学的珍惜和尊重。潘浩泉先生在他的《煮字者说》中说："写毕，数数行数，估估字数，像小贩收摊数钱。"他还向所有的读者坦白了他的写作秘诀："先冒出个念头，泡着，围绕这个念头生发出一些细节，统统泡着，时间久了，觉得有味道就写。日子里也会或多或少地飘着它的味道。"我想，这味道犹如一道"青水白菜"的名菜，那么朴素，却是那么回甘动人。

一个作家的使命就是要负责把内心的语言翻译出来。潘浩泉先生也在用他的文字翻译他内心的汹涌和波澜。因为不见秋水，所以我吊西风。故乡的山歌，渔歌、船歌、龙灯、庙……都在多年之后，化成了一个游子的丹心，并且通过他的文字，把他的一颗热爱这世界和人生的丹心捧给读者看，相比潘浩泉先生口袋里的真币，我为当下文坛流行的伪币或者镀了金的成色不足的劣币汗颜。

作家的真诚永远是读者的幸福，沐浴着忘忧草上的金光，心头总是想起忠臣之典范的郑思肖《心史》中的一段字："此书虽纸也，当如虚空焉，天地鬼神不能违，云雾不能翳，风不能动，水不能湿，火不能燃，金不能割，土不能塞，木不能蔽，万万不能坏之者。"

——此段话完全可以献给记录作家心灵史的《忘忧草》，这个世界上，文字已如蝗灾般肆虐，而真正的好文章越来越少了。

无力的偿还永远哀伤

读徐迅的散文，比见到徐迅的时间长。也许是因为同样的文学地理，很多年前，我爱上了徐迅的散文。记得当年第一次读徐迅散文的感受，那就像是一只八月的空杯子，放置在安徽大山深处的稻田中，里面有那么多的情义、那么多的痛苦。后来，我就开始寻找徐迅的散文了。我总是把他的散文当成游子们"共同的心跳"——那是和秋天大地上的足音一样的"心跳"。

在这个世界上，我们总是从故乡逃离。就像我们从母亲的子宫出发，那九个月的胎衣，其实就是我们永远的故乡，但胎衣早就失去，谁也说不清楚自己胎衣的去向——是在散文家徐迅的"半堵墙"下吗？站在快要倾塌的"半堵墙"上，我分明看到老牛（那是我们的亡父？），看到了担柴的农妇（那是无言的老母亲？），还有那些扎成一团的稻草（那是衰老得比我们快的兄弟姐妹？）……也许，我们的文字就是寻找故乡，寻找胎衣。沈从文在寻找他的"凤凰"，莫言在寻找他的"高密东北乡"，毕飞宇在寻找"王家庄"，寻找的过程，其实就是偿还的过程。诗人海子说："坐着一棵芦花回乡。"但我们的肉身之重、灵魂之湿，一切都是不可能。所以，我们只有写作。所以，我们只能借助文学的芦花。

带着这样的诺言，徐迅一直在寻找，一直在偿还。从《大地上我们只过一生》到《七月之歌》，从《油菜花的村庄》到《阳光照得最多的地方》，可以说，他是最为执着也是最为勤劳的散文家。需要散文界重新认识的长篇散文《一九九九年的"双抢"》就是一篇近年来少有的佳作，徐迅在喷发的状态中写下了大地上的亲人，写下大地上的劳动，写下了大地上亲人的死亡与植物的重生，那最为紧张的"双抢"中，正是我们的生存的根——俯向人间，俯向大地，把最为土腥味的庄稼的根系化成自己的毛细血管。衰老的父亲和母亲们有心无力的劳作，留守在乡间弟弟妹妹们在黑暗的言辞，徐迅的文字就像是希腊诗人雅姆，文字温暖善良，就像一盏等待赤子的油灯。不喧闹，但是疼痛——疼到了赤子的血脉中。

有时候，我都觉得他就像是《一座山和一个人》中的乌以风。乌以风在天柱山下的守候，就是为了那一本《天柱山志》。可以这么说，乌以风用一本《天柱山志》纠正了自己的命运。徐迅也在用他的散文纠正着当下的那些虚伪的散文。徐迅说过："散文者对生活、对生命的一种独特的观察、体验、感悟，一旦与语言成为一种最为干脆、奇妙的组合，就像一束铁与铁的焊接之光。"他相信"干脆"，而"干脆"就是不拖泥带水，不矫揉造作，散文其实可以是大江东去，也可以是小溪下山，但需要自然。因为散文是散文家自己的粮食，如果不能自给自足，那么写到最后，谁就不能保证自己的灵魂能够"丰衣足食"。在麦地的面前，海子说："你不能说我一无所有，你不能说我两手空空。"在半堵墙下，我们想用眺望，想用歌唱，想用我们的文字偿还。

可逃离的游子们怎么偿还？这是徐迅的疼痛，也是我们永远的疼痛，所以徐迅要把这疼痛化成"半堵墙"，一半给孤独的自己，一半给这个孤独的世界。这个世界上，总是有那么多孤独的锚链，《天柱山志》是乌以风在世界上的锚链，徐迅的"锚链"其实就是远离京城但近在心中的"半堵墙"。半堵墙外的四季、半堵墙外的万物，会与徐迅一起眺望那破碎的江山，一起挟裹稻草的坚决与腐败，一起倾听隐忍的心在泉水中的嗓音……无力的偿还永远哀伤。

他的温暖，他的熨帖

　　这天正是腊月三十，这样的时候，是不会有人上酒馆喝酒的，如意楼上空空荡荡的，就只有这三个人。

　　外面，正下着大雪。

这是《岁寒三友》的结尾，三个好朋友，王瘦吾，陶虎臣，靳彝甫，坐在年关岁底，喝酒。那寒冷中的薄酒，就是人间的小温。

其实，每个读书人心中都有这样的"岁寒三友"。在寂寞的文学夜晚，王干先生的如意楼上也有许多老朋友，而那个靠着红泥小炉的最好位置，一定是留给汪曾祺先生的。

"在《岁寒三友》这篇小说里，体现在貌似随便的结构上，其实精心构思，巧妙运行，真可谓'极炼不如不炼也'，简直是'不炼'到极致。"

"从'这三年啊'开始，小说的节奏变得冷意横生，叙述的语调变得滞重而沉痛，写到陶虎臣被迫嫁女、上吊自杀时，寒意逼人，节奏停滞。之后，三人小酒馆相聚，'醉一次'，节奏又舒缓荡开，人性的热度、友情的温暖，在叙述的语调中自然呈现。"

一盏灯，一盏读书的灯，在如今的时代有些孤寂，而正是这样的孤寂里，《夜读汪曾祺》里却处处曝出阅读的欣喜，如爆燃的灯花。很多在白天消失的歌再次和露珠一起降临。

"有一次在他的故居门口，竟痴痴地待到半夜。走到路过的人以疑惑的眼光盯着我，我才赶紧离开。"

这是王干写他在汪曾祺高邮故居前的等候，那空，那疼。

"汪曾祺的作品好像更适合晚间阅读，他的作品释放着光辉，但不是灼热的阳光，更不是鲁迅作品那种凛冽的寒光。汪曾祺的文字如秋月当空，明净如水，一尘不染，读罢，心灵如洗。"

的确，汪曾祺如同月亮，水边的月亮，湖水上空的月亮，没有一点灰尘，亦如王干对于文学的赤子之心。

《被遮蔽的大师》《有志者的困局》《透明与滋润》《淡的魅力》《像汪曾祺那样生活》……一篇又一篇，王干如此兢兢业业，如此念兹在兹，如此叨念着汪曾祺，就像画家季匋民和鉴赏家叶三。

"好在哪里？"

"紫藤里有风。"

紫藤里的风，是季匋民对于叶三的奖赏，也是汪曾祺对于王干的奖赏。这令我想起了汪曾祺的老师沈从文。沈从文和汪曾祺，汪曾祺和王干，都是星斗其文的好师友。文坛上这两对情深义重的师友，像一场马拉松接力，每一棒都接得稳而有力。文坛上已很少有人像他那样，如此薄情的时间里，王干做着最辛劳又最值得的文学接力。

"他对时代的关注，对政治的关注其实一点也不淡漠，只不过是用灰蛇草线的方式来表达。"

"他刻意融合小说、散文、诗歌文体之间的界限，从而营造一个更加让读者赏心悦目的语言世界。语言在他手里像魔术师的道具一样，千姿百态，浑然天成。"

汪曾祺的"轻盈的笔墨意象"，汪曾祺的"抒情的人道主义美学"，这些论断，是月光的波光，是月光和烛光的完美纺织。每个子夜的阅读，长达四十年的阅读，已不是固执，而是使命。我甚至想，《夜读汪曾祺》与其说是王干回馈给汪曾祺的文学夜晚，还不如说是王干写给被遮蔽的文学史的长篇信札。

这个年头，很多歌消失了，很多曾经很热很热的人和词，被这个健忘的时代列车一闪而过。一闪而过的还有那些脸、那些誓言、那些来路。很多人忘记了誓言，他们忘记了来路，忘记了恩情。但还是王干没有忘记，哪怕是人间一小温，他用这本《夜读汪曾祺》把"小温"珍藏，酝酿，凝成滚烫滚烫的琥珀酒。

"……读着汪曾祺老去，一天天变老，也是不懊悔的事情。七十六岁的汪曾祺已经定格在那里，而我在一天天地向他这个年龄接近，然后超越。而且，在我活得比他更老之后，更老的我还会读他，读汪曾祺，读高邮的汪曾祺，读扬州的汪曾祺，读中国的汪曾祺。他的文字永在，我们的阅读也永在，无论白天和夜晚。"

他的温暖，他的熨帖。

汪曾祺的温暖和熨帖，也是王干的温暖和熨帖。

有了这样的温暖和熨帖，在这个讲究意义的年头，热爱文学就有了意思。

带着岁月温度的手写体

作为爱读书的乡下人，我平生最不喜欢两类人：浪费粮食的人、抛掷好文字的人。后一种人更甚。

谁能想到，孙昕晨就成了后一种人。

这个夏天的黄昏，在电话那头，昕晨很缓慢地说，说到他删了又删、现在只剩下十几万字的散文集。他写了三十多年，那么多温润、儒雅的文字，却删除了十之七八，真是越听越心疼。我们的榜样，他竟然做出了这样的事！

估计他料到了我的心疼，补了一句："当然，书里还有没有面世过的、我的笔记本上的几万字随想录。"

哇哇——他说得随意，却馋得我想立马看到：那些秘不示人的真宝贝啊。

能称得上真宝贝的，有暮冬的第一阵春风，母鸡的第一枚带血的蛋，孩子掉的第一颗乳牙，还有——于我这个爱读书的乡下人来说的"富矿"：优秀诗人的散文集、读书种子的读书笔记。

此判断的大前提是：自从失去了毛笔和纸张，这世界上的败笔就越来越多了，而唯一能挽救这种颓势的，只有两种人：读书种子和优秀诗人。

孙昕晨给我们无偿赠送了自己两座"活思想"的富矿！

"活思想"不是我的发明。二十世纪八十年代末，诗歌的黄金岁月，中国诗坛影响力非常了得的《诗歌报》，隆重推介了青年诗人孙昕晨。他的《一粒米和我们并肩前进》，是雪地上的音乐，是中国汉语诗歌的典范之作。记得，我在乡村学校的课堂上为孩子们朗诵诗歌，朗诵孙昕晨的《一粒米和我们并肩前进》的那个黄昏，那天窗外的暮色开始是红色的，后来变成了紫色，再后来就变成了纯蓝，孩子们的眼睛里全是纯蓝的光芒……朗诵完毕，我的眼里噙满了泪水。而在这首诗的下面，还有一首《2月10日的活思想》。

为什么是"2月10日"？为什么是"活思想"？当时我很不解。快三十年过去了，读着这本散文集后半部，我突然想到了"活思想"！

诗人作为这个世界上最奇怪的动物之一，他的语系，他的思想，他的根脉和枝叶总是不按常规，从不对称，也从不按部就班，向一侧展开，或者向天空蜷曲。优秀诗人对于语言魔力的钟情、对于文字的敏感与洁癖，是他天生的胎记，到了散文中，诗人则会呈现出更松弛的状态，这样的松弛，正好让诗人的"活思想"溢出来——离开了诗歌的舞台，诗人反而获得了自由。就像漏了的裤口袋里的草种子，孙昕晨走到哪里，那些绿茵茵的草就开始占领到哪里，不那么整齐的，歪歪扭扭的，就像通向山顶的小径。这些随笔，藏着他在乡村的清晨、暮晚和四季，藏着他的读书、他的旅行、他的手写体，藏着他与这个时代的亲密与疏离，如同他在不同的山河边带回的石子，那些破碎山河的石子，与他一样在失眠中孤独。

上天如此地眷顾孙昕晨，除了给他诗情，给他"活思想"，还让他成了一个在朋友圈中最出色的读书种子。孙昕晨拥有一副灵敏的"狗鼻子"，他总是能够在一堆出版物中，发现那些值得我们用目光反复摩挲的作品——文学的、绘画的、音乐的，他总是把一本本好书的体温传递到好朋友的手中。甚至是体育赛事的名局，资深球迷的他，富有才情的解读总是那么独特，他总是帮助我们更多地"看见"这个世界。

王鼎钧先生把读书人分为善读书和善谈书的人。孙昕晨是善读书的人，又是善谈书的人。这样的一个读书种子，他读孙犁的《因为他的寂寞和澹定》；他读沈从文、苇岸的《感受大地的心跳》；他读黄永玉的《九十岁了，为什么还那么有意思啊？》；他读吉辛的《四季茫茫》……大弦，小弦，孙昕晨错杂地弹着，我们倾听到的，是落进玉盘的清澈和亲切，是新鲜、饱满的音乐，又愉悦，又刺激，带来的是耕耘过后的宁静和期待。

法国诗人雅姆说过："我来了。我受苦。我爱。"

这是人生的无奈，也是人间的快乐。"我来了"是被动的，"我受苦"也是被动的，唯独"我爱"是主动的。在我们永驻的"二六七号牢房"里，从门口到窗户七步，从窗户到门口七步，甚至还没有七步。生存的逼仄中，孙昕晨带着我们一起种植"人间食粮"，挖掘"我爱"的窗户，也守候那黄昏里飘过的"玫瑰云"。

我爱，爱母语里那些缤纷的字与词，爱孙昕晨的文字，虽然生活中每个人都会有自己"孤单的词"，但我们可以从孙昕晨的"手写体"里感受到岁月的温度，还有生命的丰富与诗意！

日本导演小津安二郎关于电影有余味之说，他认为，"电影和人生都是以余味定输赢"。我觉得，孙昕晨的文章是有韵味，有余味的，这不仅得益于他的诗歌写作，更缘于他的生活与阅读经历。他笔底的那些人与事，可以让我们"遇见"，就像他少年时代偶遇的那一棵"荞荞"，还有他的珍藏与铭记：《也亲切，也孤单》——一片适合慢读的风景。

他的悲悯无处安放

这个光头的汉子，是我们中间醒得最早的人。因为他的加纳利犬老虎比他醒得早，比老虎醒得更早的人，是他的几万朵玫瑰和一个叫作臭蛋的王子。

他沐浴着满天满地的朝霞俯视那些狰狞或厌倦的睡眠，等待着我们醒来。

"你梦见豹子了吗？"

这个问题，在这个时代，有人梦见了金钱，有人梦见了女人，有人梦见了蚯蚓、蚂蚁，甚至梦见了那个不穿衣服的皇帝。

但他们谁也不会梦见豹子。

"在深夜闭上眼睛，你会看到一只豹子，看到它小巧坚硬的头，让你的周身，笼罩在它清冷的目光之中。"在《无声无息的豹》中，在《物书》中五次写到有关豹的文字中，这个光头的汉子在突围，就像那头突围的豹子。

这豹子，有点类似卡夫卡的虫子。但卡夫卡的虫子是变形的梦幻，

190

因为梦幻，他只得含糊地说那甲虫是"一团棕色的东西"。而目光如炬的玄武却是看清了来路和去路。来路是他的"七十年代"，经历了黄金的八十年代、灰色的九十年代、暧昧的新世纪。"要写下与自己有关的一切，我曾见证的一切"又是何其难，这个时代似乎不需要火焰，所以全是火焰无法完全燃烧产生的烟和霾。烟的迷茫、霾的抑郁，令这个光头的汉子"却无意中写下这本似乎与自己、与时代无关的关于动物的书"。

真的与自己无关，也与时代无关吗？

"我无意中打了个呵欠，一只豹立即朝我龇开了森然的嘴巴。我没有看到嘴里有断牙的痕迹。"

这是闯入都市的豹的宿命，"我"在打呵欠，而闯入我们中间的豹却读懂了我们的贪婪。但它张开的"森然的嘴巴"里，已没有了能够咬断钢筋栏杆的传奇，连断牙的痕迹都彻底失去了。

看得越清晰，越是要有承受力。烈火还在。

诗人玄武，他自称是那只兔子，"孤独，悄然，紧张，竭力躲避着整个充满敌意的世界"。但其胸膛里永有一团熊熊烈火，那烈火可用烈酒浇灌，用鲜花下酒，但唯独不接受庸常。《物书》中写了六十多种动物，每个动物都是我们的轮回。在这浑浊的人世，玄武的慧眼看到了人群中间，其实有许多披了人皮的兽。他们的忠诚，他们的无奈，他们的伪装，他们的奔跑，他们的跌倒，他们的窘迫，以及他们太阳下和灰尘中的哀伤。

但诗人玄武用他有温度的文字为这六十多种动物种下了"有助于树木伤口的愈合"的月亮。微绿色的月光下，人、兽、树、花，裂碎的、撕破的，重新完成了自己。从这个意义上说，悲悯的《物书》就是一只渡众物众生的大船。

狗是《物书》的主角。可读那只早夭的黄白相间的花斑色小兽，读那只黄褐色土犬。可读那只迷失在自己青春中的罗威纳犬大头，读第二条罗威纳犬玄六，读童年的黄小明，读大姑父与大花狗以及死在大姑父坟上的黑狗，读姐姐与狗，读介入表哥五旦生活的凶悍的黑背。亦可读那经典的《温小刀》："他嘴边被泪打湿的一根兽须：白的颜色，在光中晶亮地温润地闪烁。"

玄武为什么如此执着于养狗写狗？因为狗，于我们，具有神秘而深刻的爱，这爱，就是人间罕见的理解力。

> 我寄身于无毛兽之间
> 它们目光呆滞
> 嗅觉迟钝，厌弃骨头
> 欲望涣散而无节制
> 不懂黑夜和明月

这是一只叫作老虎的加纳利犬的心里话，被一个叫玄武的光头读了出来。他和老虎，是无话不说、赤裸相见的兄弟。但人间不懂，他们依旧在沉睡。如龟，数千年缓慢地过去，他们依旧在沉睡，满脸的狰狞、疲惫和认命。而玄武身上的那豹皮："但斑纹清晰，上面有细微的小洞，应该是因硝制不好或存放不当、被虫蛀过的痕迹，还有不少褶皱。皮是整的，连嘴上的胡须还在。摸一摸，刺一般扎人。"

《物书》也是刺一般扎人！

可这个世界上的那些目光呆滞无毛兽只喜爱糖果，他们也不喜玫瑰的刺，更不喜欢醒来，醒在朝霞燃烧之前。能与这个汉子并行的，只有李白这个傲岸、事事不谐、笨手笨脚的大猴子了。这个汉子，也是"那个不肯牺牲和谄媚的猴子，好奇的猴子，伤感的猴子"。

写完《物书》，他的悲悯依旧无处安放。

怀揣那唯一的黄金

> 白蔷薇，怀着寂寞的岁月
> 回望在大地上——

读到金倜这两行诗，心不禁战栗了一下，像是触了麻筋，说不出的酸痛。

其实每一个人的中年都有说不出的酸痛，那些"寂寞的岁月"，那些"回望"，还有那些"白蔷薇"，曾经灿烂开放如今衰败的"白蔷薇"，在人生的道路上，蒙了尘，蒙了霜……

但是，"白蔷薇"还在，它不是城市的玫瑰，也不是乡村的月季，它和顽强的灌木一样，不停地谢又不停地开，就像我们永远不安的灵魂。

这就是一个诗人的宿命，也是一个诗人的幸运！二十多年了，从鲁迅中学的文科班开始的灿烂青春，到现在的灰暗中年，唯独不变的就是诗歌。命运把诗歌的种子植在了我们的身上，就注定你要成为"白蔷薇"。

后来我们一起去了扬州梅岭，短短的两年，仅仅是叹口气的时光，就分开了。我去乡下看守渔火，他要去青海看望星星，诗歌的长途汽车在高原上颠簸，散落了一地的书，那些和扬州国庆路新华书店有关的书，至今还在什么地方流浪？

> 请归还我的黑夜
> 请归还我的语言
> 请你在空寂深邃的广场上
> 喊一声我的名字

在这里，"归还"是祈求，但黑夜已无法归还，到处都是伪造的"白天"。寂静也无法"归还"，到处都是孤独的"喧闹"。我们的"名字"丢失了，谁能够归还——唯独诗人可以得到语言上的偿还。

金倜后来又回到扬州，再后来又滑落在小城，说不出的忧伤，那些说是明朝的房子，那些说是清朝的城墙，那些说是民国的石板路，都成了泥泞中的诅咒！但那时候，生活无论如何不堪，但有一点可以骄傲，那就是我们的年轻。青春和诗歌，就是那时的黄金。还有我们的八十年代、二十世纪的黄金时代，怀揣着黄金，泅游在灰暗的生活中，我们比海子的花楸树还要幸福。

诗歌，成了我们"面对四周的海洋而写着岛屿"的方式。我手抄了曼彻斯塔姆的诗歌送给他，用线装起来。曼彻斯塔姆说："黄金在天上舞蹈，命令我歌唱。"我们感觉是黄金在天上舞蹈，命令我们歌唱。我用那些灰圆珠笔芯在蓝色格稿纸上歌唱整整一个冬天。

还有和他的通信。诗歌的温暖、友情的温暖，还有阅读的温暖，到现在，我都可以拿出来，作为沉默的手炉。

> 是一个黄昏，黄昏
> 唯一穿着长筒袜的男子
> 在临窗的风中，光线明快

像你永远明澈的眼神

这是一个百鸟归巢的时分

市上的喧嚣应该能够

遮住已经倾斜的夕阳

但在记忆中，黄昏

如此静穆

我特别喜欢这首可以成为经典的诗歌，那个穿长筒袜的男子，是金倜对于黄金时代的回忆，也是他飞翔过程中的一次俯视。我曾和诗人、散文家胡弦以及评论家何平讨论过金倜的诗歌，他们的感受和我一样，歌唱的体温。

有体温的诗歌——这可是一个诗人最好的作业！黄昏中的男子端坐着，而他的心在振翅。岁月的尘土慢慢漫过我们的脚面，从二十世纪的六十年代到二十一世纪初，跨越了五个年代、两个世纪，他依旧永远保持着青春的汁液，因为亲情、友情……

今天是父亲的生日

我必须陪我年过七十的父亲

说说他最愿意说的话题

然后以我最喜欢的诗歌方式

返还我的童年

返还！又是返还！和父亲讨论的话题是琐碎，可我读到的却是父子两个人的心跳。赤子心，最为热烈，也最容易被伤害，而真正的诗人，就是能够把那些伤害，化为晶莹的琥珀。

诗歌其实就是寻找马鞍的过程。作为诗人，金倜的心中肯定有一群马，一群嘶鸣的马，胡子金倜就怀揣着诗歌的黄金，那唯一的黄金，和内心的马群一起奔腾。

针尖上的蜂蜜（代后记）

人生是孤独的，因为你只能是你自己，而不是别人。人生又是值得探寻的，你可以找到和你相似的人。比如我的许多依旧在乡村还在写着乡村散文的朋友，共同成长于兴化的乡村，和我读着相同的文科班。大学毕业以后，又是去了乡村学校任教，在教学之余，还爱着文学——在备课笔记本上，不务正业地写下纸上的忧伤。

——那纸上的忧伤是什么？是乡村的贫苦？是中学的糟糕伙食？还是小镇的破旧？抑或是教学的单调？

在时间的面前，我们仅仅是一支射向远方的箭矢：每一个人都是被动的，你必须长大，必须吃苦，必须承担，必须挣扎，向着理想的靶心……但每个人都在替理想还债。唯独自己的心，在时光的灰尘蒙面之后，它还能够在深夜时分，替我们感受到寂寞和不甘的疼痛。那疼痛，其实就是我们偿还的诺言。

有谁能够说出自己已经偿还？童年屋檐下的一块冰？邻居海碗中的一口焦屑？父亲从公社带回的一只金刚脐？母亲夹在书中的、上面布满了针眼的鞋样子？还有母亲腌制的咸菜？

是的，咸菜养育了我们童年的味蕾，但很多人，走出故乡的那些人，把它们都忘记了。忘记也是自然的，有些人不但忘记来路，更是忘记了去路。生活对于他们，仅仅是一件道具而已。

还是阅读那些在乡村默默写作的朋友吧，他们在滚滚红尘中写下的那些风物，那些细节，那些温暖，就像梦中的油灯。油灯的光肯定不如电灯光，但它有一颗心。你仔细看看，油灯在风中，在夜色中，在我们的呼吸中，左右摇晃，但那颗心决定得很。

因为有一双手，一双游子的手呵护着。就像帕乌斯托夫斯基《金蔷薇》中的兵士沙梅，他们在用心血锻打一支金蔷薇，一朵游子偿还故乡的金蔷薇。但故乡能够偿还吗？

每一个游子总是想在心的版图上复制心中的故乡、心中的母亲。故乡闻名于世的是油菜花，而游子只能是故乡出发的蒲公英。夏义阳是在为故乡书写的那个游子。因为坚定，所以纯粹，纯粹得如五月的阳光。

蒲公英是故乡的游子，我们都是蒲公英。同样的金黄，同样的花粉，虽然不引人注目。离开故乡，又不停在书写着故乡，这似乎是一个悖论。但这是一个爱的悖论，谁都无法忘却自己的胎记——重新在我们的文字中写出昔日的时光。那故乡的风物、那故乡的元素、那童年的元素，说出来是给越来越苍老的母亲听。

而母亲的爱，就如夹在书中的鞋样，一只又一只不同尺寸的鞋样。母亲的手，母亲的针，母亲专注的爱、执着的爱，恰如儿子的心，也是如此专注和执着，犹如针尖上的蜂蜜。

　　　　我只爱我寄宿的云南
　　　　因为其他省我都不爱
　　　　我只爱云南的昭通市

因为其他市我都不爱

我只爱昭通市的土城乡

因为其他乡我都不爱

……

我的爱狭隘、偏执，像针尖上的蜂蜜

假如有一天我再不能继续下去

我会只爱我的亲人

这逐渐缩小的过程

耗尽了我的青春和悲悯

　　这是我的好朋友、云南诗人雷平阳叫作《亲人》的诗歌。他是写给他的故乡云南昭通的。其实，他是替天下所有的游子写的，写给故乡，写给亲人。

　　——这也是我手中一支笔的使命。